KiWi

Paperback

KiWi

739

Über das Buch:

Ein Dorf, das unter sintflutartigen Regengüssen fast zerfällt und dessen Bewohner ihre einzige Abwechslung im Kino und im Dorfklatsch finden, wird plötzlich durch ein Ereignis aufgeschreckt. Anonyme Schmähzettel, in der Nacht an die Häuser reicher und angesehener Bürger geklebt, beunruhigen die Dorfbewohner, den Richter und schließlich auch den Pfarrer. Was sie anrichten, ist schlimm. Familiengeheimnisse werden verraten, alte Feindschaften wieder neu geschürt, Ruf und Ehre zerstört. Mißtrauen und Angst greifen um sich.

Gabriel García Márquez schildert in diesem Roman, der aus seiner frühen Schaffensperiode stammt und thematisch in das Umfeld von »Hundert Jahre Einsamkeit« gehört, die unbarmherzigen Mechanismen von Gewalt und Korruption und wie sie in Gang gehalten werden.

Über den Autor:

Gabriel García Márquez, geb. 1927 in Aracataca, Kolumbien, arbeitete nach dem Jurastudium zunächst als Journalist. 1982 erhielt er den Nobelpreis für Literatur. García Márquez hat ein umfangreiches erzählerisches und journalistisches Werk vorgelegt. Er gilt als einer der bedeutensten und erfolgreichsten Schriftsteller der Welt.

Das gesamte Werk von Gabriel García Márquez, ist lieferbar bei Kiepenheuer & Witsch.

Gabriel García Márquez

Die böse Stunde

Roman

Aus dem Spanischen von
Christiane und Curt Meyer-Clason

Kiepenheuer & Witsch

2. Auflage 2002

Titel der Originalausgabe: *La mala hora*

Aus dem Spanischen von
Curt und Christiane Meyer-Clason

Umschlaggestaltung: Barbara Thoben, Köln
Umschlagmotiv: Cornelius Schüle, Hamburg
Foto Rückseite: © dpa
Gesamtherstellung: Clausen & Bosse, Leck
ISBN 3-462-03199-6

Pater Angel erhob sich angestrengt und feierlich. Er rieb sich mit den Handknöcheln die Lider, schob das Moskitonetz zur Seite und blieb einen Augenblick lang nachdenklich auf der schäbigen Schilfmatte sitzen, die unerläßliche Zeit, um sich bewußt zu werden, daß er am Leben war, um sich das Datum ins Gedächtnis zu rufen und den entsprechenden Kalenderheiligen. «Dienstag, vierter Oktober», dachte er und sagte leise: «Der Heilige Franz von Assisi.»

Ohne sich gewaschen und gebetet zu haben, zog er sich an. Groß und vollblütig, war er das träge Abbild eines zahmen Rinds, und wie ein Rind bewegte er sich schwerfällig und traurig. Nachdem er die Soutane mit der lässigen Aufmerksamkeit, mit der Finger die Saiten einer Harfe greifen, gleichmäßig zugeknöpft hatte, schob er den Riegel zurück und öffnete die Tür zum Innenhof. Die Narden im Regen erinnerten ihn an ein Lied. «Von meinen Tränen schwillt das Meer», seufzte er.

Der Schlafraum war mit der Kirche durch einen überdachten, von Blumentöpfen gesäumten Gang verbunden, und in den Ritzen des losen Backsteinpflasters begann das Oktobergras zu sprießen. Bevor Pater Angel sich der

Kirche zuwandte, ging er in den Abort. Er urinierte ausgiebig und hielt dabei den Atem an, um nicht den Ammoniakgestank zu riechen, der ihm die Tränen in die Augen trieb. Dann trat er in den Gang hinaus und dachte: «Dies Boot führt mich in deinen Traum.» In der schmalen Kirchenpforte empfand er noch den Duft der Narden.

Innen roch es schlecht. Das Kirchenschiff war lang, ebenfalls mit losen Backsteinen ausgelegt, und eine einzige Tür führte auf den Platz. Pater Angel ging geradewegs zum Turm. Er sah die Uhrgewichte höher als einen Meter über seinem Kopf hängen und dachte, daß das eine noch Seil genug für eine Woche hatte. Die Stechmücken fielen über ihn her. Heftig zuschlagend zerquetschte er eine in seinem Nacken und wischte die Hand am Glockenseil ab. Dann hörte er über sich in dem komplizierten mechanischen Getriebe ein dumpfes Rollen und darauf tief und dunkel in seinem Bauch die fünf Glockenschläge.

Er wartete, bis der letzte Widerhall verklungen war. Mit beiden Händen ergriff er das Seil, wand es sich um die Handgelenke und ließ die gesprungenen Bronzeglocken mit unabänderlicher Entschiedenheit läuten. Er hatte das einundsechzigste Lebensjahr vollendet. Das Glockenläuten war für sein Alter viel zu anstrengend, doch hatte er immer selbst zur Messe gerufen, und dieser Kraftaufwand stärkte sein Selbstvertrauen.

Noch mitten im Glockenläuten stieß Trinidad von der Straße her die Tür auf und ging zu der Ecke, in der sie am Abend vorher Mäusefallen aufgestellt hatte. Was sie vorfand, bereitete ihr Ekel und Freude zugleich: ein kleines Massaker.

Sie öffnete die erste Falle, faßte mit Daumen und Zeigefinger die Maus am Schwanz und warf sie in eine Pappschachtel. Pater Angel hatte gerade die Tür zum Platz geöffnet.
«Guten Morgen, Pater», sagte Trinidad.
Er nahm ihre schöne Altstimme nicht wahr. Der öde Platz, die im Regen schlafenden Mandelbäume, der trostlose Anbruch des Oktobertages in dem unbewegten Dorf verursachten in ihm ein Gefühl der Hilflosigkeit. Doch als er sich an das Rauschen des Regens gewöhnt hatte, hörte er vom anderen Ende des Platzes her die reine und ein wenig unwirkliche Klarinette von Pastor. Dann erst erwiderte er den Morgengruß.
«Pastor hat bei der Serenade nicht mitgespielt», sagte er.
«Nein», bestätigte Trinidad. Sie kam mit den toten Mäusen in der Schachtel näher. «Es waren nur Gitarren.»
«Sie haben zwei Stunden lang ein dummes Lied gespielt», sagte der Pater. «Von meinen Tränen schwillt das Meer. Stimmt's?»
«Es ist Pastors neues Lied», sagte sie.
Ohne sich zu rühren, verharrte der Pater plötzlich verzückt in der Tür. Viele Jahre hatte er die Klarinette von Pastor gehört, der sich zwei Straßen weiter jeden Morgen um fünf auf einen Hocker am Pfeiler seines Taubenschlags setzte und zu üben begann. Dies war haargenau der Ablauf im Dorf: zuerst die fünf Glockenschläge, dann das erste Läuten zur Messe, darauf erklang aus Pastors Innenhof die Klarinette, die mit glasklaren Tönen die vom Taubenmist geschwängerte Luft reinigte.
«Die Melodie ist gut», bemerkte der Pater, «aber der Text

ist dumm. Man kann die Wörter von hinten nach vorn drehen, und es kommt immer dasselbe raus. ‹Dein Traum führt mich in dieses Boot.›»

Über seinen eigenen Fund lachend, machte er kehrt und ging die Altarkerzen anstecken. Trinidad folgte ihm. Sie trug ein weites weißes Gewand mit Ärmeln bis zu den Handgelenken, und das blauseidene Band eines Laienordens. Ihre Augen unter den zusammengewachsenen Brauen waren tiefschwarz.

«Sie trieben sich die ganze Nacht hier in der Gegend herum», sagte der Pater.

«Bei Margot Ramirez», sagte Trinidad zerstreut, und raschelte mit den toten Mäusen in der Schachtel. «Aber nachts gab es was besseres als die Serenade.»

Pater Angel hielt inne und sah sie mit seinen stillen blauen Augen an. «Was denn?»

«Schmähschriften», sagte Trinidad. Und kicherte nervös.

Drei Häuser entfernt träumte César Montero von Elefanten. Am Sonntag hatte er sie im Kino gesehen. Eine halbe Stunde vor Schluß war ein Sturzregen niedergegangen, und nun lief der Film in seinem Traum weiter.

César Montero drehte sein ganzes beachtliches Körpergewicht zur Wand, während die entsetzten Eingeborenen vor den Elefanten flohen. Seine Frau stieß ihn sanft, doch keiner von beiden wachte auf. «Gehen wir», murmelte er und nahm seine ursprüngliche Lage wieder ein. Dann erwachte er. Gleichzeitig erklang das zweite Läuten zur Messe.

Die Behausung war mit Maschendraht in große Räume aufgeteilt. Auch das Fenster zum Platz war drahtvergittert, und ein Kretonnevorhang mit gelben Blumen hing davor. Auf dem Nachttisch standen ein Kofferradio, eine Lampe und eine Leuchtzifferuhr. An der Wand gegenüber war ein riesiger Kleiderschrank mit Spiegeltüren. Während César Montero sich die Reitstiefel anzog, hörte er Pastors Klarinette. Die rohen Lederriemen waren lehmverkrustet. Er zog sie kräftig durch seine geschlossenen Hände, die rauher waren als das Leder der Riemen. Dann suchte er unter dem Bett vergeblich seine Sporen. Er zog sich im Halbdunkel weiter an, darauf bedacht, keinen Lärm zu machen, um seine Frau nicht zu wecken. Als er sich das Hemd zuknöpfte, sah er auf der Uhr, wie spät es war, und suchte unter dem Bett wieder nach den Sporen. Erst tastete er mit den Händen nach ihnen. Nach und nach kroch er auf allen vieren unter dem Bett herum. Seine Frau erwachte.

«Was suchst du?»

«Die Sporen.»

«Sie sind hinter dem Schrank», sagte sie. «Du hast sie selbst am Sonnabend dort hingehängt.»

Sie schob das Moskitonetz zur Seite und machte Licht. Beschämt richtete er sich auf. Er war großartig gewachsen, mit einem kantigen massiven Rücken, aber trotz der Reitstiefel, deren Sohlen Brettern glichen, waren seine Bewegungen elastisch. Seine Gesundheit hatte etwas Barbarisches. Sein Alter war nicht zu bestimmen, doch an der Haut des Halses erkannte man, daß er älter als fünfzig Jahre war. Er setzte sich auf das Bett, um die Sporen anzuschnallen.

«Es regnet immer noch», sagte sie, und ihr schien, als hätten ihre jugendlichen Knochen die Feuchtigkeit der Nacht aufgesogen. «Ich fühle mich wie ein Schwamm.»
Sie war eine kleine knochige Frau mit langer spitzer Nase, die die Eigenart hatte, so zu wirken, als wäre sie noch nicht erwacht. Sie versuchte, hinter dem Vorhang den Regen zu sehen. César Montero hatte die Sporen angeschnallt, er stand auf und stampfte ein paarmal auf den Boden. Das Haus vibrierte von den Messingsporen.
«Im Oktober wird der Tiger fett», sagte er.
Aber seine Frau, verzückt von Pastors Melodie, hörte nicht zu. Als sie ihn wieder ansah, stand er mit gespreizten Beinen und eingezogenem Kopf, der sonst nicht in den Spiegel gepaßt hätte, vor dem Kleiderschrank und kämmte sich.
Ihre Stimme begleitete leise Pastors Melodie.
«Sie haben dieses Lied die ganze Nacht geleiert», sagte er.
«Es ist sehr schön», sagte sie.
Sie band vom Kopfende des Bettes eine Schleife los, raffte im Nacken ihr Haar und seufzte nun ganz erwacht: «Ich bleibe bis zum Tod in Deinem Traum.» Er achtete nicht darauf. Aus einer Schrankschublade, in der außerdem ein paar Schmuckstücke, eine kleine Damenuhr und ein Füllfederhalter lagen, nahm er eine Brieftasche mit Geld. Er zog vier Geldscheine heraus und legte die Brieftasche wieder an dieselbe Stelle. Dann steckte er sechs Gewehrpatronen in seine Hemdtasche.
«Wenn es weiterregnet, komme ich am Sonnabend nicht», sagte er.
Als er die Tür zum Innenhof öffnete, zauderte er einen

Moment auf der Schwelle, und während seine Augen sich an die Dunkelheit gewöhnten, atmete er den fauligen Geruch des Oktobers ein. Er wollte gerade die Tür schließen, als im Schlafraum der Wecker klingelte.
Seine Frau sprang aus dem Bett. Er blieb, die Hand am Türgriff, unschlüssig stehen, bis sie den Wecker abgestellt hatte. Dann erst sah er sie nachdenklich an.
«Ich habe heute nacht von den Elefanten geträumt», sagte er.
Darauf schloß er die Tür und ging das Maultier satteln.
Vor dem dritten Läuten nahm der Regen zu. Ein leichter Wind riß von den Mandelbäumen auf dem Platz die letzten toten Blätter. Die Straßenlampen gingen aus, aber die Häuser blieben weiter geschlossen. César Montero lenkte das Maultier in die Küche, und ohne abzusitzen, rief er seiner Frau zu, sie solle ihm den Regenmantel bringen. Er nahm die Doppelflinte ab, die er sich umgehängt hatte und band sie waagerecht vor sich mit den Sattelriemen fest. Seine Frau kam mit dem Regenmantel in die Küche.
«Warte, bis es aufhört», sagte sie gleichgültig.
Er zog stumm den Regenmantel an. Dann schaute er in den Hof hinaus.
«Es wird bis Dezember nicht aufhören.»
Ihr Blick folgte ihm bis zum Ende des Gangs. Der Regen prasselte auf das rostige Blechdach, aber César Montero machte sich auf den Weg.
Er gab dem Maultier die Sporen und mußte sich, als er in den Innenhof ritt, im Sattel ducken, um nicht an den Querbalken der Tür zu stoßen. Die Tropfen vom Vordach

zerplatzten wie Schrotkörner auf seinen Schultern. Beim Tor rief er, ohne den Kopf zu wenden:
«Bis Sonnabend.»
«Bis Sonnabend», sagte sie.
Die einzige zum Platz geöffnete Tür war die der Kirche. César Montero blickte nach oben und sah, zwei Spannen über seinem Kopf, schwer und tief den Himmel. Er bekreuzigte sich, gab dem Maultier die Sporen und ließ es einige Male auf der Hinterhand kreisen, bis das Tier auf dem seifenglatten Boden sicher stand. Da sah er den Zettel an der Tür seines Hauses.
Er las ihn, ohne abzusitzen. Das Wasser hatte die Farbe verwischt, aber die mit einem Pinsel geschriebenen, plumpen Druckbuchstaben waren unmißverständlich. César Montero trieb das Maultier gegen die Wand, riß das Papier ab und zerfetzte es.
Mit einem Zügelschlag brachte er das Maultier in einen kurzen gleichmäßigen Dauertrab. Er verließ den Platz durch eine enge gewundene Straße mit Lehmhäusern, aus deren Türen die glühende Asche des Schlafes wich.
Es roch nach Kaffee. Erst als er die letzten Häuser des Dorfs hinter sich gelassen hatte, wendete er das Maultier und kehrte im selben kurzen Dauertrab zurück zum Platz und machte vor Pastors Haus halt. Dort saß er ab, nahm die Flinte und band das Maultier an den Stützbalken, wobei er sich für alles die nötige Zeit ließ.
Da die Tür kein Schloß hatte, war sie unten mit einer riesigen Muschel blockiert. César Montero trat in die dämmrige Stube. Er hörte einen schrillen Ton, und dann erwartungsvolle Stille. Er ging an einem kleinen von vier

Stühlen umstandenen Tisch vorbei, auf dessen Wolldecke eine Vase mit künstlichen Blumen stand. Schließlich befand er sich an der Tür zum Innenhof, entsicherte, ohne hinzusehen, das Gewehr und rief gelassen, fast liebenswürdig:

«Pastor!»

Pastor erschien, das Mundstück der Klarinette abschraubend, im Türausschnitt. Er war ein magerer, geradegewachsener Junge, dessen Flaumbart mit der Schere beschnitten war. Als er César Montero, seine auf den Lehmboden gehefteten Absätze und die in Gürtelhöhe auf ihn gerichtete Flinte sah, öffnete Pastor den Mund. Aber er sagte nichts. Er wurde bleich und lächelte. César Montero bohrte die Absätze in den Boden, preßte den Gewehrkolben mit dem Ellbogen an die Hüfte, biß die Zähne zusammen und drückte gleichzeitig ab. Das Haus erzitterte von dem Knall, aber César Montero wußte nicht, ob er vor oder nach der Erschütterung gesehen hatte, wie Pastor sich jenseits der Tür wie ein Wurm über einem Rinnsal aus winzigen blutigen Federn krümmte.

Der Bürgermeister war gerade dabei einzuschlafen, als der Schuß fiel. Er hatte, von Zahnschmerzen gequält, drei Nächte wachgelegen. An diesem Morgen nahm er beim ersten Messeläuten zum achten Mal ein Schmerzmittel. Der Schmerz ließ nach. Das Regengeprassel auf dem Zinkdach half ihm beim Einschlafen, doch auch ohne Schmerz verfolgte ihn das Pochen des Zahns bis in den Schlaf. Als er den Schuß hörte, erwachte er, sprang auf und ergriff den Patronengürtel und den Revolver, die immer links auf einem Stuhl neben der Hängematte bereitlagen. Da er nur das Rauschen des Regens vernahm, glaubte er, es sei ein Alptraum gewesen und fühlte wieder den Schmerz.

Er hatte etwas Fieber. Im Spiegel stellte er fest, daß seine Wange geschwollen war. Er öffnete ein Döschen mit Mentholvaseline und salbte die schmerzende Stelle ein, die gespannt und unrasiert war. Plötzlich hörte er durch den Regen fernes Stimmengewirr. Er lief auf den Balkon. Die Bewohner der Straße, einige in Nachtkleidung, rannten zum Platz. Ein Junge hob den Kopf und rief im Weiterlaufen zu ihm hinauf:

«César Montero hat Pastor umgebracht!»

Auf dem Platz drehte sich César Montero mit seiner auf die Menge gerichteten Flinte im Kreis. Der Bürgermeister erkannte ihn kaum. Er riß den Revolver mit der linken Hand aus dem Futteral und bahnte sich einen Weg zur Mitte des Platzes. Die Leute wichen zur Seite. Aus dem Billardsaal sprang mit erhobenem Gewehr ein Polizist und legte auf César Montero an. Der Bürgermeister sagte leise: «Nicht schießen, du Vieh.» Er steckte den Revolver ins Futteral, nahm dem Polizisten das Gewehr ab und ging mit der schußbereiten Waffe zur Mitte des Platzes. Die Leute rannten an die Mauern.

«César Montero!» rief der Bürgermeister, «gib mir die Flinte.»

César Montero hatte ihn noch nicht bemerkt. Mit einem Satz drehte er sich um. Der Bürgermeister hatte den Finger am Abzug, aber er schoß nicht.

«Hol' sie dir!» rief César Montero.
Der Bürgermeister hielt in der linken Hand das Gewehr, mit der rechten trocknete er sich die Lider. Er bemaß jeden Schritt, den Finger dicht am Abzug und die Augen auf César Montero gerichtet. Plötzlich blieb er stehen und sagte in zärtlichem Ton:
«Wirf die Flinte auf den Boden, César! Mach nicht noch mehr Dummheiten.»
César Montero wich zurück. Der Bürgermeister hatte den Finger dicht am Abzug. Kein einziger Muskel seines Körpers bewegte sich, bis César Montero die Flinte senkte und sie fallen ließ. Da merkte der Bürgermeister, daß er nur seine Pyjamahose anhatte, daß er im Regen schwitzte und daß der Zahn nicht mehr schmerzte.
Die Häuser wurden geöffnet. Zwei mit Gewehren bewaffnete Polizisten rannten auf den Platz. Hinter ihnen drängte sich die Menschenmenge. Die Polizisten fuhren herum und riefen mit erhobenen Gewehren:
«Zurück!»
Der Bürgermeister rief mit ruhiger Stimme, ohne jemanden anzusehen:
«Räumt den Platz.»
Die Menge zerstreute sich. Der Bürgermeister durchsuchte César Montero, der den Regenmantel nicht abzulegen brauchte. Er fand in der Hemdtasche vier Patronen und in der Gesäßtasche der Hose ein Klappmesser mit Horngriff. In der anderen Tasche fand er ein Notizbuch, drei Schlüssel an einem Ring und vier Hundertpesoscheine. César Montero ließ sich gleichmütig mit ausgebreiteten Armen durchsuchen, und um den Vorgang zu vereinfa-

chen, bewegte er kaum seinen Körper. Als der Bürgermeister fertig war, rief er die beiden Polizisten, händigte ihnen die Gegenstände aus und übergab ihnen César Montero.
«Führt ihn ab ins Bürgermeisteramt», befahl er. «Ihr seid mir für ihn verantwortlich.»
César Montero zog den Regenmantel aus. Er reichte ihn einem der Polizisten, zwischen denen er ging, ohne sich um den Regen oder die auf dem Platz versammelten, bestürzten Leute zu kümmern. Nachdenklich sah der Bürgermeister ihn sich entfernen. Dann wandte er sich der Menge zu, mit einer Gebärde, als wolle er Hühner verscheuchen, und rief:
«Verschwindet!»
Er trocknete sich das Gesicht mit dem nackten Arm, überquerte den Platz und betrat das Haus von Pastor.
Die Mutter des Toten saß in einen Stuhl gesunken zwischen einer Anzahl Frauen, die ihr mit erbarmungslosem Eifer Luft zufächelten. Der Bürgermeister schob eine der Frauen zur Seite:
«Laßt sie in Ruhe», sagte er. Die Frau wandte sich ihm zu.
«Sie war gerade auf dem Weg zur Messe», sagte sie.
«Ist gut», sagte der Bürgermeister, «aber jetzt laßt sie Luft holen.»
Pastor lag im Korridor auf dem Bauch, zum Taubenschlag gerichtet, auf einem Ruhelager aus blutigen Federn. Es roch stark nach Taubenmist. Ein paar Männer waren dabei, die Leiche aufzuheben, als der Bürgermeister auf der Schwelle erschien.
«Verschwindet», sagte er.
Die Männer legten den Leichnam wieder auf die Federn,

genauso, wie sie ihn vorgefunden hatten, und traten schweigend zurück. Nachdem der Bürgermeister den Körper untersucht hatte, drehte er ihn um. Winzige Federn stoben auf. In der Höhe der Taille klebten die meisten Federn an dem noch lauwarmen, lebendigen Blut. Er entfernte sie mit beiden Händen. Das Hemd war zerfetzt und die Gürtelschnalle zersprungen. Unter dem Hemd sah er die freiliegenden Eingeweide. Die Wunde hatte aufgehört zu bluten.

«Es war eine Flinte für die Tigerjagd», sagte einer der Männer.

Der Bürgermeister stand auf. Er wischte sich die blutigen Federn an einem Stützpfeiler des Taubenschlags ab, ohne den Leichnam aus den Augen zu lassen. Schließlich säuberte er sich die Hände an der Pyjamahose und sagte zu den Umstehenden:

«Bewegt ihn nicht von der Stelle.»

«Er läßt ihn einfach liegen», sagte einer der Männer.

«Die behördlichen Maßnahmen müssen getroffen werden», sagte der Bürgermeister.

Im Innern des Hauses begann wieder das Wehklagen der Frauen. Der Bürgermeister lenkte seine Schritte durch das Geschrei und die atemberaubenden Gerüche, die in dem Zimmer allmählich die Luft rar machten. In der Haustür begegnete er Pater Angel.

«Er ist tot», rief der Pater bestürzt.

«Wie ein Schwein», erwiderte der Bürgermeister.

Die Häuser rings um den Platz standen offen. Der Regen hatte aufgehört, doch über den Dächern trieb ohne einen Spalt für die Sonne der schwere Himmel. Pater Angel hielt den Bürgermeister am Arm zurück.

«César Montero ist ein guter Mensch», sagte er, «es muß ein Moment geistiger Umnachtung gewesen sein.»
«Ich weiß schon», sagte der Bürgermeister ungeduldig. «Keine Sorge, Pater, ihm wird nichts passieren. Gehen Sie rein, Sie werden dort gebraucht.»
Fast gewaltsam riß er sich los und befahl den Polizisten, die Wache abzubrechen. Die bisher im Zaum gehaltene Menge stürzte zu Pastors Haus. Der Bürgermeister betrat den Billardsaal, wo ihn ein Polizist mit frischer Kleidung erwartete: seine Leutnantsuniform.
Gewöhnlich war das Lokal zu dieser Stunde nicht geöffnet. An diesem Tag war es vor sieben Uhr überfüllt. An Vierertischen oder gegen die Theke gelehnt, tranken einige Männer Kaffee. Die meisten waren noch in Pyjamas und Pantoffeln.
Der Bürgermeister zog sich vor allen aus, trocknete sich halbwegs mit der Pyjamahose ab, und während er sich schweigend ankleidete, entging ihm kein Kommentar. Als er den Saal verließ, war er über alle Einzelheiten des Vorfalls im Bilde.
«Seid vorsichtig», rief er von der Tür aus, «wer mir im Dorf Unruhe stiftet, den stecke ich ins Loch.»
Er ging die gepflasterte Straße hinunter, ohne jemanden zu grüßen, aber die Aufregung im Dorf entging ihm nicht. Er war jung, gewandt und verriet mit jedem Schritt sein Durchsetzungsvermögen.
Um sieben pfiffen die Barkassen, die dreimal wöchentlich den Güter- und Passagierverkehr besorgten, und verließen die Mole, ohne daß ihnen jemand, wie an anderen Tagen, Aufmerksamkeit geschenkt hätte. Der Bürgermeister ging

die Kolonnaden hinunter, wo die syrischen Händler gerade ihre bunten Waren ausbreiteten. Doktor Octavio Giraldo, ein altersloser Arzt, den Kopf voll krausem Lackhaar, sah von seiner Praxistür aus die Barkassen abfahren. Auch er trug einen Pyjama und Pantoffeln.

«Doktor», sagte der Bürgermeister, «ziehen Sie sich an und führen Sie die Leichenschau durch.»

Der Arzt sah ihn staunend an. Er entblößte eine lange Reihe weißer, kräftiger Zähne. «Neuerdings werden also Leichenschauen durchgeführt», sagte er, und fügte hinzu: «Das ist wirklich ein großer Fortschritt.»

Der Bürgermeister versuchte zu lächeln, aber seine empfindliche Wange behinderte ihn. Er preßte die Hand vor den Mund.

«Was haben Sie?» fragte der Arzt.

«Eine Hure von Backenzahn.»

Doktor Giraldo hatte anscheinend Lust, sich zu unterhalten. Aber der Bürgermeister war in Eile.

Am Ende der Mole klopfte er an ein Haus aus unverputztem Bambusrohr, dessen Palmblätterdach sich fast bis zur Wasserfläche neigte. Eine im siebten Monat schwangere Frau mit grünlicher Haut öffnete ihm. Sie war barfuß. Der Bürgermeister schob sie zur Seite und betrat die dämmrige Wohnstube.

«Richter!» rief er.

Richter Arcadio erschien, mit seinen Holzpantinen schlurfend, in der Hintertür. Er trug eine unter dem Nabel hängende gürtellose Drillichhose, und sein Oberkörper war nackt.

«Bereiten Sie sich auf die Leichenschau vor», sagte der Bürgermeister.

Richter Arcadio pfiff überrascht.
«Was ist denn das für eine neue Mode?»
Der Bürgermeister ging ins Schlafzimmer. «Diesmal ist es etwas anderes», sagte er und öffnete das Fenster, um die vom Schlaf beladene Luft zu erneuern. «Es ist besser, wenn man die Dinge ordnungsgemäß abwickelt.» Er wischte sich die staubigen Hände an der gebügelten Hose ab und fragte ohne die geringste Spur von Sarkasmus:
«Wissen Sie, wie die behördlichen Maßnahmen durchzuführen sind?»
«Selbstverständlich», sagte der Richter.
Der Bürgermeister sah sich am Fenster sein Hände an.
«Beauftragen Sie Ihren Sekretär mit dem Schriftlichen», sagte er, wieder ohne Hintergedanken. Dann streckte er dem Mädchen seine Hände hin. Sie zeigten Blutspuren.
«Wo kann ich mich waschen?»
«In der Zisterne», sagte sie.
Der Bürgermeister ging in den Innenhof. Das Mädchen holte ein sauberes Handtuch aus der Truhe und wickelte ein Stück Duftseife hinein.
Sie trat in den Innenhof hinaus, in dem Augenblick, als der Bürgermeister ins Schlafzimmer zurückkam und sich die Hände abschüttelte.
«Ich wollte Ihnen Seife bringen», sagte sie.
«Ist schon gut», sagte der Bürgermeister. Wieder sah er sich seine Handflächen an. Er nahm das Handtuch, trocknete sich ab und betrachtete dabei nachdenklich Richter Arcadio.
«Er war voll Taubenfedern», sagte er.
Auf dem Bett sitzend, trank er mit langsamen Schlucken

eine Tasse schwarzen Kaffee und wartete, bis Richter Arcadio sich angezogen hatte. Das Mädchen folgte ihnen durch die Wohnstube.

«Wenn Sie den Zahn nicht ziehen lassen, geht die Schwellung nicht zurück», sagte sie zu dem Bürgermeister.

Er schob Richter Arcadio auf die Straße, drehte sich zu ihr um und tippte mit dem Zeigefinger auf ihren dicken Bauch.

«Und diese Schwellung, wann geht die zurück?»

«Sehr bald», sagte sie.

Pater Angel kam um seinen üblichen Abendspaziergang. Nach der Beerdigung unterhielt er sich in einem Haus des tiefergelegenen Dorfteils und blieb dort bis gegen Abend. Er fühlte sich wohl, abgesehen davon, daß die anhaltenden Regenfälle ihm wie gewöhnlich Rückenschmerzen verursachten. Als er nach Hause kam, brannte die Straßenbeleuchtung schon.

Trinidad goß im Gang die Blumen. Pater Angel fragte sie nach den ungeweihten Hostien, und sie erwiderte, sie habe sie auf den Hochaltar gelegt. Eine Mückenwolke umzingelte ihn, als er im Zimmer Licht machte. Bevor er die Tür schloß, sprühte er rastlos ein Insektenmittel durch den Raum und nieste bei dem Geruch. Als er damit fertig war, schwitzte er. Er tauschte die schwarze Soutane gegen die geflickte weiße, die er zu Hause trug, und ging zum Angelusläuten.

Wieder in seinem Zimmer, stellte er eine Pfanne aufs Feuer

und briet ein Eckchen Fleisch, zwischendurch schnitt er eine Zwiebel in Ringe. Dann tat er alles auf einen Teller, auf dem ein Stück gedünstete Yukka lag und ein wenig kalter Reis: die Reste vom Mittagessen. Er trug den Teller zum Tisch und begann zu essen.

Er aß von allem gleichzeitig, indem er überall kleine Stücke abschnitt und mit dem Messer durch die Gabel drückte. Er kaute gewissenhaft und zermahlte bis zum letzten Korn mit seinen silberplombierten Zähnen alles hinter festgeschlossenen Lippen. Währenddessen legte er Messer und Gabel auf den Tellerrand und sah sich unverwandt und höchst aufmerksam in seinem Zimmer um. Vor ihm stand der Schrank mit den dickleibigen Kirchenbüchern. In der Ecke ein Schaukelstuhl aus Weidengeflecht, an dessen hohe Rückenlehne in Kopfhöhe ein Kissen genäht war. Hinter dem Schaukelstuhl hingen an einem Wandschirm nebeneinander das Kruzifix und ein Reklamekalender für Hustensaft. Auf der anderen Seite des Wandschirms war der Schlafraum.

Nach dem Essen dachte Pater Angel, er würde ersticken. Er wickelte ein Stück Guayabapaste aus, füllte ein Glas bis zum Rand mit Wasser und aß die süße Paste, während er den Kalender betrachtete. Nach jedem Bissen nahm er einen Schluck Wasser, ohne den Blick vom Kalender zu wenden. Schließlich stand er auf und wischte sich die Lippen am Ärmel ab. Er hatte so seit neunzehn Jahren allein in seinem Arbeitszimmer gegessen, und peinlich genau jeden Handgriff wiederholt. Er hatte sich seiner Einsamkeit noch nie geschämt.

Nach dem Beten des Rosenkranzes bat ihn Trinidad um

Geld zum Arsenikkaufen. Der Pater lehnte zum drittenmal ab und behauptete, die Mäusefallen würden genügen. Trinidad beharrte:
«Die kleineren Mäuse holen sich aber den Käse und gehen nicht in die Fallen. Darum ist es besser, wenn man den Käse vergiftet.»
Der Pater gab zu, daß Trinidad recht hatte. Doch bevor er es aussprechen konnte, durchbrach lärmend der Lautsprecher vom gegenüberliegenden Kino die Stille der Kirche. Erst kam ein klangloses Dröhnen, dann das Nadelkratzen auf der Platte, und darauf begann mit schriller Trompete ein Mambo.
«Ist heute Vorstellung?» fragte der Pater.
Trinidad bejahte.
«Weißt du, was läuft?»
«*Tarzan und die grüne Göttin*», sagte Trinidad. «Dasselbe, was sie Sonntag wegen des Regens nicht zu Ende gespielt haben. Für alle geeignet.»
Pater Angel ging zum Glockenturm und läutete gedehnt zwölfmal. Trinidad war bestürzt.
«Sie irren sich, Pater», sagte sie mit den Händen fuchtelnd, und vor Empörung glänzten ihre Augen. «Der Film ist für alle geeignet. Erinnern Sie sich, am Sonntag haben Sie kein einziges Mal geläutet.»
«Aber es ist eine Rücksichtslosigkeit der Bevölkerung gegenüber», sagte der Pater, während er sich den Schweiß vom Hals wischte. Und er wiederholte keuchend: «Eine Rücksichtslosigkeit.»
Trinidad verstand.
«Man muß diese Beerdigung gesehen haben», sagte der

Pater. «Alle haben sich darum gestritten, den Sarg zu tragen.»
Dann verabschiedete er Trinidad, schloß die Tür zum verödeten Platz und löschte in der Kirche die Lichter. Auf dem Gang zurück zum Schlafraum, schlug er sich an die Stirn, weil er vergessen hatte, Trinidad Geld für das Arsenik zu geben. Aber bevor er sein Zimmer erreichte, hatte er es schon wieder vergessen.
Wenig später, an seinem Arbeitstisch sitzend, machte er sich daran, einen am Vorabend angefangenen Brief zu beenden. Die Soutane bis in Magenhöhe aufgeknöpft, richtete er auf dem Tisch Schreibblock, Tintenfaß und Löscher her, während er gleichzeitig seine Taschen nach der Brille durchsuchte. Dann erinnerte er sich, daß sie in der Soutane war, die er bei der Beerdigung getragen hatte und erhob sich, um sie zu holen. Nachdem er das am Vorabend Geschriebene nochmals durchgelesen und einen neuen Absatz begonnen hatte, klopfte es dreimal an der Tür.
«Herein!»
Es war der Kinobesitzer. Klein, blaß und wohlrasiert, trug er einen fatalistischen Gesichtsausdruck zur Schau. Er war in makelloses weißes Leinen gekleidet und hatte zweifarbige Schuhe an. Pater Angel bedeutete ihm, sich in den geflochtenen Schaukelstuhl zu setzen, während er selbst ein Taschentuch aus der Hosentasche zog, es sorgsam auseinanderfaltete, die Sitzbank damit abstaubte und sich mit gespreizten Beinen auf ihr niederließ. Dann sah Pater Angel, daß in seinem Gürtel kein Revolver, sondern eine Taschenlampe steckte.

«Zu Ihren Diensten», sagte der Pater.
«Pater», sagte der Kinobesitzer fast atemlos, «entschuldigen Sie, wenn ich mich in Ihre Angelegenheiten mische, aber heute abend muß ein Irrtum vorliegen.»
Der Pater nickte zustimmend mit dem Kopf und wartete.
«*Tarzan und die grüne Göttin* ist für alle geeignet», fuhr der Kinobesitzer fort. «Das haben Sie am Sonntag selber bestätigt.»
Der Pater wollte ihn unterbrechen, aber der Kinobesitzer hob die Hand zum Zeichen, daß er noch nicht fertig war.
«Ich habe die Sache mit den Glockenschlägen hingenommen», sagte er, «weil es wirklich unmoralische Filme gibt. Aber an diesem ist nichts Besonderes. Wir wollten ihn am Sonnabend in der Kindervorstellung zeigen.»
Pater Angel erklärte ihm nun, daß die Liste, die er jeden Monat mit der Post bekam, tatsächlich keine moralischen Einwände gegen den Film enthielt.
«Heute jedoch Kino zu veranstalten», fuhr er fort, «ist eine Rücksichtslosigkeit, da wir im Dorf einen Toten haben. Auch das ist ein Bestandteil der Moral.»
Der Kinobesitzer sah ihn an.
«Im vergangenen Jahr hat dieselbe Polizei im Kino einen Mann umgebracht, und kaum hatten sie den Toten rausgeschleppt, lief der Film weiter», rief er.
«Das ist jetzt anders», sagte der Pater, «der Bürgermeister hat sich gewandelt.»
«Wenn wieder Wahlen sind, kommt auch das Abschlachten wieder», entgegnete der Kinobesitzer aufgebracht. «Immer, seit das Dorf ein Dorf ist, folgt eins auf das andere.»

«Wir werden sehen», sagte der Pater.
Der Kinobesitzer sah ihn verdrossen an. Als er weitersprach, und an seinem Hemd wedelte, um sich die Brust zu lüften, hatte seine Stimme einen flehenden Unterton angenommen.
«Es ist der dritte Film in diesem Jahr, der für alle geeignet ist», sagte er. «Am Sonntag sind wegen des Regens drei Rollen ungespielt geblieben und viele Leute möchten den Schluß noch sehen.»
«Die Glockenschläge sind geläutet», sagte der Pater.
Der Kinobesitzer stieß einen verzweifelten Seufzer aus. Abwartend sah er dem Geistlichen ins Gesicht und dachte an nichts anderes als an die große Hitze in dem Arbeitszimmer.
«Also, ist nichts zu machen?»
Pater Angel schüttelte den Kopf.
Der Kinobesitzer schlug sich auf die Knie und erhob sich.
«Gut», sagte er. «Dann ist eben nichts zu machen.»
Er faltete sein Taschentuch auseinander, trocknete sich den Schweiß am Hals und betrachtete verbittert das Arbeitszimmer.
«Das ist die Hölle hier.»
Der Pater begleitete ihn zur Tür. Er schob den Riegel vor und setzte sich, um seinen Brief zu Ende zu schreiben. Nachdem er ihn noch einmal von Anfang an gelesen hatte, schrieb er den begonnenen Absatz fertig und hielt inne, um nachzudenken. In diesem Augenblick hörte die Lautsprechermusik auf. «Dem verehrten Publikum wird bekannt gegeben», sagte eine unpersönliche Stimme, «daß die heutige Abendvorstellung ausfällt, weil auch dieses

Unternehmen sich der Trauer anschließen möchte.» Pater Angel erkannte lächelnd die Stimme des Kinobesitzers. Die Hitze wurde immer größer. Der Pfarrer schrieb weiter, mit kleinen Unterbrechungen, in denen er sich den Schweiß abwischte und das Geschriebene durchlas, bis zwei Seiten voll waren. Er hatte gerade unterschrieben, als ohne Vorankündigung der Regen niederprasselte. Feuchter Erddunst drang ins Zimmer. Pater Angel beschriftete den Umschlag, klappte den Deckel aufs Tintenfaß und wollte den Brief falten. Doch vorher las er noch einmal den letzten Absatz. Darauf öffnete er das Tintenfaß wieder und schrieb einen Nachsatz: *Es regnet erneut. Angesichts dieses Winters und der Ereignisse, von denen ich Ihnen oben berichte, fürchte ich, erwarten uns bittere Tage.*

Der Freitag begann lau und trocken. Richter Arcadio, der sich rühmte, dreimal jede Nacht geliebt zu haben, seit er es zum ersten Mal getan hatte, riß an diesem Morgen die Schnüre des Moskitonetzes ab und fiel mit seiner Frau im herrlichsten Augenblick, in die Netzbahnen verwickelt, zu Boden.

«Laß», murmelte sie, «ich bringe das nachher in Ordnung.»

Sie tauchten völlig nackt aus den Nebelschleiern des Moskitonetzes. Richter Arcadio ging zur Truhe und holte sich eine saubere Unterhose. Als er zurückkam, war seine Frau angezogen und brachte gerade das Moskitonetz in Ordnung. Er ging an ihr vorbei, ohne sie anzusehen und setzte sich mit seinem von der Liebe noch ganz aufgeregten Atem auf die andere Seite des Bettes, um sich die Schuhe anzuziehen. Seine Frau folgte ihm. Sie stützte den runden gespannten Bauch gegen seinen Arm und suchte mit den Zähnen sein Ohr. Er stieß sie sanft von sich.

«Laß mich in Ruhe», sagte er.

Ihr Lachen strotzte vor Gesundheit. Sie folgte ihrem Mann zum anderen Ende des Zimmers, piekste ihn mit dem Zeigefinger in die Seiten: «Los, Eselchen», sagte sie.

Er tat einen Sprung und schob ihre Hände fort. Sie ließ ihn in Frieden und lachte wieder, aber plötzlich wurde sie ernst und rief:
«Jesus Christus!»
«Was ist?» fragte er.
«Die Tür war sperrangelweit offen», rief sie. «Das ist die reinste Schande.»
Laut lachend ging sie ins Bad.
Richter Arcadio wartete nicht auf den Kaffee. Vom Pfefferminz der Zahnpasta gestärkt, trat er auf die Straße. Die Sonne war aus Kupfer. Die Syrer hockten vor ihren Ladentüren in Betrachtung des milden Flusses. Als er an der Praxis von Doktor Giraldo vorbeikam, kratzte er mit dem Fingernagel im Weitergehen übers Drahtnetz der Tür und rief:
«Doktor, was ist das beste Mittel gegen Kopfschmerzen?»
Der Arzt antwortete von drinnen:
«Wenn man am Abend vorher nicht getrunken hat.»
Im Hafen beredete eine Gruppe Frauen mit hocherhobenen Stimmen den Inhalt einer neuen, in der Nacht vorher erschienenen Schmähschrift. Da der Tag klar und ohne Regen angebrochen war, hatten alle Frauen sie auf dem Weg zur Fünf-Uhr-Messe gelesen, und nun war das ganze Dorf auf dem laufenden. Richter Arcadio hielt sich nicht auf. Er fühlte sich wie ein Rind am Nasenring zum Billardsaal gezogen. Dort bestellte er ein eisgekühltes Bier und eine Schmerztablette. Es hatte gerade neun geschlagen, aber das Lokal war schon voll.
«Das ganze Dorf hat Kopfschmerzen», sagte Richter Arcadio.

Er trug die Flasche an einen Tisch, an dem drei Männer verlegen vor ihren Biergläsern saßen. Er setzte sich auf den freien Stuhl.

«Geht der Ärger weiter?» fragte er.

«Heute waren es vier.»

«Der, den alle gelesen haben», sagte einer der Männer, «war über Raquel Contreras.»

Richter Arcadio kaute die Schmerztablette und trank das Bier aus der Flasche. Der erste Schluck widerte ihn an, aber dann war sein Magen gestärkt, und er fühlte sich wie neugeboren.

«Was stand drauf?»

«Schweinereien», sagte der Mann. «Daß sie die Reisen dieses Jahr nicht gemacht hat, um sich die Zähne reparieren zu lassen, wie sie erzählt hat, sondern um abzutreiben.»

«Die Mühe, eine Schmähschrift zu kleben, hätten sie sich sparen können», sagte Richter Arcadio. «Das sagt ihr doch sowieso jeder nach.»

Obwohl die heiße Sonne ihn in den Augen schmerzte, als er das Lokal verließ, empfand er nicht mehr wie am Morgen die sonderbare Übelkeit. Er ging geradewegs zum Gericht. Sein Sekretär, ein dürrer Alter, der gerade ein Huhn rupfte, empfing ihn mit einem ungläubigen Blick übers Brillengestell hinweg:

«Geschieht ein Wunder?»

«Diese ärgerliche Sache muß in Gang gesetzt werden», sagte der Richter.

Der Sekretär latschte in seinen Pantoffeln zum Innenhof und reichte der Hotelköchin das halbgerupfte Huhn über

den Zaun. Elf Monate nach Amtsantritt ließ sich Richter Arcadio zum ersten Mal in seinem Büro nieder.
Die verwahrloste Kanzlei war durch ein Holzgatter in zwei Teile geteilt. Im vorderen, unter dem Bild der Justitia mit Augenbinde und Waage, stand, ebenfalls aus Holz, eine Bank. Im hinteren standen sich zwei alte Schreibtische gegenüber, und es gab ein Regal mit verstaubten Büchern und die Schreibmaschine. An der Wand über dem Schreibtisch des Richters hing ein Kruzifix aus Messing. An der Wand gegenüber eine gerahmte Lithographie: ein lächelnder Mann, fett und kahlköpfig, die Präsidentenschärpe quer über der Brust und darunter eine Inschrift in Goldbuchstaben: «Friede und Gerechtigkeit.» Die Lithographie war das einzig Neue in dem Büro.
Der Sekretär vermummte sich mit einem Tuch und begann, mit einem Federwisch die Schreibtische abzustauben. «Wenn Sie sich die Nase nicht zuhalten, müssen Sie rotzen.» Der Rat wurde nicht befolgt. Richter Arcadio lehnte sich im Drehstuhl zurück und streckte die Beine von sich, um die Sprungfedern auszuprobieren.
«Kippt er?» fragte er.
Der Sekretär verneinte mit dem Kopf. «Als sie Richter Vitela umgebracht haben», sagte er, «ist die Federung gesprungen; aber sie ist jetzt repariert.« Ohne die Vermummung abzunehmen, fügte er hinzu:
«Derselbe Bürgermeister hat ihn reparieren lassen, als die Regierung wechselte und als überall besondere Untersuchungsbeamte auftauchten.»
«Der Bürgermeister wünscht, daß das Büro funktioniert», sagte der Richter.

Er öffnete die mittlere Schublade, holte einen Schlüsselbund heraus und zog nacheinander alle Schubkästen auf. Sie waren voller Papiere. Er prüfte sie flüchtig, indem er sie mit dem Zeigefinger anhob, um sich zu vergewissern, daß nichts von alldem seine Aufmerksamkeit verdiente; dann schloß er die Schubkästen wieder und ordnete die Utensilien auf dem Schreibtisch: eine Kristallgarnitur mit einem roten und einem blauen Tintenfaß und je einem Federhalter in der entsprechenden Farbe. Die Tinte war eingetrocknet.

«Sie gefallen dem Bürgermeister», sagte der Sekretär.

Sich im Stuhl wiegend, verfolgte der Richter ihn beim Abstauben der Gatterbrüstung mit düsteren Blicken. Der Sekretär betrachtete ihn, als beabsichtige er, ihn nie mehr in diesem Licht zu vergessen, in diesem Augenblick und in dieser Haltung, wies mit dem Zeigefinger auf ihn und sagte: «So wie Sie jetzt da sitzen, genauso und nicht anders, saß Richter Vitela da, als sie ihn durchlöchert haben.»

Der Richter faßte sich an die Schläfen, deren Adern hervortraten. Die Kopfschmerzen kamen wieder.

«Ich war dort», sagte der Sekretär auf die Schreibmaschine deutend, während er durch das Gatter in den vorderen Raum trat. Ohne seine Schilderung zu unterbrechen, lehnte er sich auf die Brüstung und legte den Federwisch wie ein Gewehr auf Richter Arcadio an. Er sah aus wie ein Posträuber in einem Cowboyfilm.

«Die drei Polizisten stellten sich so auf», sagte er. «Richter Vitela hatte sie kaum bemerkt, als er die Arme hob und sehr langsam sagte: ‹Tötet mich nicht.› Doch daraufhin fiel der Stuhl auf die eine Seite und er, mit Blei gespickt, auf die andere.»

Richter Arcadio preßte den Schädel zwischen seine Hände. Er fühlte sein Hirn erzittern. Der Sekretär nahm die Vermummung ab und hängte den Federwisch hinter die Tür. «Und das alles, weil er bei einem Besäufnis gesagt hat, er sei dazu da, die Unverletzbarkeit des Wahlrechts zu gewährleisten», sagte er. Er hielt inne und sah Richter Arcadio an, der sich mit den Händen auf dem Magen über dem Schreibtisch krümmte.

«Ihnen ist wohl zum Kotzen?»

Der Richter bejahte. Er erzählte ihm vom vergangenen Abend und bat ihn, aus dem Billardsaal eine Schmerztablette und zwei eisgekühlte Bier zu holen. Als er das erste Bier getrunken hatte, fand Richter Arcadio in seinem Herzen nicht mehr die geringste Spur von Gewissensbissen. Es ging ihm prächtig.

Der Sekretär setzte sich vor die Schreibmaschine.

«Und was kommt jetzt?» fragte er.

«Nichts», sagte der Richter.

«Wenn Sie erlauben, werde ich dann die Maria holen, um ihr beim Hühnerrupfen zu helfen.»

Der Richter widersetzte sich. «Dies hier ist ein Büro, wo das Recht verwaltet wird und nicht Hühner gerupft werden», sagte er. Er maß seinen Untergebenen mitleidig von oben bis unten und fügte hinzu:

«Außerdem müssen Sie Ihre Pantoffeln ausziehen und mit Schuhen ins Büro kommen.»

Gegen Mittag wurde die Hitze immer größer. Als es zwölf schlug, hatte Richter Arcadio ein Dutzend Biere getrunken. Er wiegte sich in Erinnerungen. Mit halbwachem Verlangen sprach er von einer Vergangenheit ohne Entbehrungen, von langen Sonntagen am Meer und unersättlichen Mulattinnen, die sich hinter den Türen der Hauseingänge im Stehen nehmen ließen. «So war das Leben damals», sagte er und schnalzte mit dem Zeigefinger und Daumen, während der Sekretär, ihm mit dem Kopf zustimmend, stumpfsinnig und wortlos zuhörte. Richter Arcadio fühlte sich wie ausgenommen, in seinen Erinnerungen dafür um so beschwingter.

Als es vom Turm eins schlug, wurde der Sekretär sichtlich ungeduldig.

«Die Suppe wird kalt», sagte er.

Der Richter erlaubte ihm nicht aufzustehen. «Nicht immer trifft man in diesen Dörfern einen Mann von Talent», sagte er, und der Sekretär dankte ihm und wechselte, von der Hitze erschöpft, die Stellung auf dem Stuhl. Es war ein endloser Freitag. Unter dem sengenden Blechdach unterhielten sich die beiden Männer noch eine halbe Stunde, während das Dorf in der mittäglichen Gluthitze kochte. Auf dem Höhepunkt seiner Erschöpfung spielte der Sekretär auf die Schmähschriften an. Richter Arcadio zuckte mit den Schultern.

«Du nimmst diesen Mist also auch ernst», sagte er, ihn zum ersten Mal duzend.

Der Sekretär, von Hunger und Erstickungsgefühlen entkräftet, hatte keine Lust, die Unterhaltung fortzusetzen, doch war er nicht der Ansicht, daß die Schmähschriften Unsinn seien. «Schon hat es den ersten Toten gegeben», sagte er. «Wenn das so weitergeht, kriegen wir böse Zeiten.» Und er erzählte die Geschichte eines Dorfes, das in sieben Tagen durch Schmähschriften ausgelöscht worden war. Seine Einwohner brachten sich schließlich gegenseitig um. Die Überlebenden gruben die Gebeine ihrer Toten aus und nahmen sie mit, um sicher zu sein, daß sie nie wieder zurückkehren würden.

Der Richter hörte ihm mit spöttischer Miene zu, während er sich langsam das Hemd aufknöpfte und der andere weitersprach. Er fand, sein Sekretär liebe Schauergeschichten.

«Das ist ein äußerst bescheidener Kriminalroman», sagte er.

Der Untergebene schüttelte den Kopf. Richter Arcadio erzählte, daß er auf der Universität einer Vereinigung angehört habe, die sich der Entschlüsselung von Kriminalfällen widmete. Jedes Mitglied las einen Detektivroman bis zu einer bestimmten Schlüsselstelle, und sonnabends traf man sich, um das Rätsel zu lösen. «Ich habe mich kein einziges Mal geirrt», sagte er. «Selbstverständlich halfen mir dabei meine Kenntnisse der Klassiker, die eine Lebenslogik entdeckt haben, imstande, jedes Geheimnis zu ergründen.» Er gab ein Rätsel auf: Ein Mann schreibt sich nachts um zehn in einem Hotel ein, geht in sein Zimmer hinauf, und am folgenden Morgen findet ihn das Zimmermädchen, das ihm den Kaffee bringt, tot und verwest im Bett. Die Obduktion ergibt, daß der am Vorabend eingetroffene Gast seit acht Tagen tot ist.

Der Sekretär richtete sich unter lautem Knacken seiner Gelenke auf.

«Das heißt, als er im Hotel ankam, war er schon sieben Tage tot», sagte der Sekretär.

«Die Erzählung wurde vor zwölf Jahren geschrieben», sagte Richter Arcadio, die Unterbrechung übergehend, «aber den Schlüssel dazu hat Heraklit geliefert, fünf Jahrhunderte vor Christus.»
Er schickte sich an, die Lösung zu verraten, doch der Sekretär wurde wütend: «Seitdem die Welt besteht, hat man nie erfahren, wer Schmähschriften anklebt», entschied er höchst aggressiv. Richter Arcadio betrachtete ihn mit verdrehten Augen.
«Ich wette mit dir, daß ich es herausbringe», sagte er.
«Die Wette gilt.»

Im gegenüberliegenden Haus war Rebeca de Asís in ihrem heißen Schlafzimmer dem Ersticken nahe und versuchte, den Kopf im Kissen versunken, vergeblich einen Mittagsschlaf zu halten. Sie hatte sich kühlende Blätter auf die Schläfen gelegt.
«Roberto», wandte sie sich an ihren Mann, «wenn du das Fenster nicht öffnest, sterben wir vor Hitze.»
Roberto Asís öffnete das Fenster, als Richter Arcadio gerade sein Büro verließ.
«Versuche zu schlafen», flehte er die üppige Frau an, die völlig nackt in einem dünnen Nylonhemd, mit ausgebreiteten Armen unter dem Baldachin aus rosafarbenem Trikot lag. «Ich verspreche dir, daß ich mich an nichts erinnere.»
Sie seufzte auf.
Roberto Asís, der kettenrauchend schlaflos die Nacht verbracht hatte, war an jenem Morgen nahe daran

gewesen, den Verfasser der Schmähschriften zu ertappen. Er hatte vor seinem Haus das Rascheln von Papier gehört und wie Hände es mehrmals an der Wand glattstrichen. Doch er begriff zu spät, daß die Schmähschrift bereits angebracht war. Als er das Fenster öffnete, war der Platz wie ausgestorben.

Von diesem Moment an bis zwei Uhr nachmittags, als er seiner Frau versprach, die Schmähschrift zu vergessen, hatte sie alle Überzeugungskünste aufgeboten, um ihn zu besänftigen. In ihrer Verzweiflung machte sie ihm schließlich einen Vorschlag: als endgültigen Beweis für ihre Unschuld erbot sie sich, Pater Angel mit lauter Stimme in Gegenwart ihres Mannes zu beichten. Schon das Anerbieten einer solchen Demütigung verfehlte seine Wirkung nicht. Trotz seiner Verblendung wagte er nicht, den nächsten Schritt zu tun und mußte kapitulieren.

«Es ist immer besser, die Dinge auszusprechen», sagte sie, ohne die Augen zu öffnen. «Es wäre ein Verhängnis gewesen, wenn du alles in dich hineingefressen hättest.»

Er ging und machte die Tür zu. In dem dämmrigen, weiträumigen Haus, das völlig verschlossen war, hörte er das Summen des elektrischen Ventilators seiner Mutter, die im Nachbarhaus ihren Mittagsschlaf hielt. Vor dem schläfrigen Blick der schwarzen Köchin holte er sich ein Glas Limonade aus dem Eisschrank.

In ihrem eigenen, kühlen Reich fragte ihn die Frau, ob er zu Mittag essen wolle. Er hob den Deckel vom Topf. Eine ganze Schildkröte schwamm auf dem Rücken im kochenden Wasser. Zum ersten Mal schauderte ihn nicht beim Gedanken daran, daß das Tier lebendig in den Topf geworfen worden war und daß sein Herz noch immer schlagen würde, wenn es zerschnitten auf den Tisch kam. «Ich habe keinen Hunger», sagte er und deckte den Topf wieder zu. Von der Tür aus fügte er hinzu: «Die Señora ißt auch nicht. Sie hat schon den ganzen Tag Kopfschmerzen.»

Die beiden Häuser waren durch einen grüngekachelten Gang miteinander verbunden, von dem aus man im Hintergrund des gemeinsamen Innenhofs den Drahtzaun des Hühnerstalls sehen konnte. In dem Teil des Ganges, der zum Haus der Mutter gehörte, hingen mehrere Vogelkäfige und viele Töpfe mit grellfarbenen Blumen vom Dach herab.

Von ihrem Liegestuhl aus, in dem sie gerade geschlafen hatte, empfing seine siebenjährige Tochter ihn mit einem kläglichen Gruß. Das Leinengewebe war noch auf ihrer Wange abgedrückt.

«Es ist gleich drei», sagte er und fügte melancholisch hinzu: «Versuche, zu dir zu kommen.»

«Ich habe von einer Katze aus Glas geträumt», sagte das kleine Mädchen.

Er konnte ein leichtes Zittern nicht unterdrücken.

«Wie war sie?»

«Ganz aus Glas», sagte das kleine Mädchen und versuchte, das Tier aus dem Traum mit den Händen nachzubilden. «Wie ein Vogel aus Glas, aber eine Katze.»

Er glaubte sich am hellichten Tag in einer fremden Stadt verloren. «Vergiß es», murmelte er, «so etwas hat nichts zu bedeuten.» In diesem Moment sah er seine Mutter in der Schlafzimmertür und fühlte sich erlöst.

«Es geht dir besser», behauptete er.
Die Witwe Asís blickte ihn bitter an. «Jeden Tag eigne ich mich mehr, weggeworfen zu werden», klagte sie und drehte aus ihrem vollen stahlgrauen Haar einen Knoten. Sie trat auf den Gang hinaus, um das Wasser in den Käfigen zu wechseln.
Roberto Asís ließ sich in den Liegestuhl fallen, in dem seine Tochter geschlafen hatte. Die Hände im Nacken, folgte er mit schlaffem Blick der knochigen schwarzgekleideten Frau, die leise mit den Vögeln sprach. Sie tauchten ins frische Wasser und bespritzten mit fröhlichem Geflatter das Gesicht der Frau. Als sie die Käfige versorgt hatte, umgab sie ihren Sohn mit dem Heiligenschein der Ungewißheit.
«Ich vermutete dich in den Bergen», sagte sie.
«Ich war nicht dort», sagte er. «Ich mußte hier einiges erledigen.»
«Dann gehst du also nicht vor Montag.»
Er bejahte mit den Augen. Eine barfüßige schwarze Dienerin kam mit dem kleinen Mädchen durch den Wohnraum, um es zur Schule zu bringen. Die Witwe Asís blieb im Gang, bis sie fort waren. Dann winkte sie ihrem Sohn, der ihr in das geräumige Schlafzimmer folgte, wo der elektrische Ventilator summte. Sie ließ sich vor dem Ventilator mit dem Ausdruck äußerster Erschöpfung in einen wackligen Schaukelstuhl aus Lianengeflecht fallen. An den weißgekalkten Wänden hingen in Messingrahmen altmodische Kinderphotographien. Roberto Asís streckte sich auf dem prunkvollen Himmelbett aus, in dem, dann hinfällig und schlecht gelaunt, einige der photographierten

Kinder gestorben waren, wie im vergangenen Dezember sein eigener Vater.
«Was ist los?» fragte die Witwe.
«Glaubst du, was die Leute reden?» fragte er zurück.
«In meinem Alter muß man alles glauben», erwiderte die Witwe und fragte teilnahmslos: «Was reden sie denn?»
«Daß Rebeca Isabel nicht meine Tochter ist.»
Die Witwe begann langsam zu schaukeln. «Sie hat die Nase der Asís», sagte sie. Nach kurzem Überlegen fragte sie zerstreut: «Wer sagt das?» Roberto Asís kaute an seinen Nägeln.
«Sie haben bei mir eine Schmähschrift angeklebt.»
Erst jetzt begriff die Witwe, daß die Augenringe ihres Sohnes nicht das Ergebnis langer Schlaflosigkeit waren.
«Die Schmähschriften sind nicht die Leute», betonte sie.
«Sie bestätigen nur, was die Leute bereits geredet haben», sagte Roberto Asís. «Und das, was man selbst nicht weiß.»
Sie allerdings wußte genau, was die Dorfbewohner jahrelang über ihre Familie geredet hatten. In einem Haus wie dem ihren voller Dienstboten, Pflegetöchtern und Schützlingen aller Altersstufen ist es unmöglich, sich im eigenen Schlafzimmer einzuschließen, ohne daß man dort von den Straßengerüchten verfolgt wird. Die wildbewegten Asís, Gründer des Dorfs, als sie nichts als Schweinehirten waren, schienen besonders zum Gemunkel zu verlocken.
«Nicht alles, was geredet wird, stimmt», sagte sie, «selbst wenn man es weiß.»
«Jeder weiß, daß Rosario de Montero mit Pastor geschlafen hat», sagte er. «Sein letztes Lied war für sie.»

«Jeder sagte das, aber keiner hat es genau gewußt», erwiderte die Witwe. «Jetzt hingegen weiß man, daß das Lied für Margot Ramírez war. Sie wollten heiraten, und das wußten nur sie beide und Pastors Mutter. Es wäre günstiger für sie gewesen, wenn sie das einzige Geheimnis, das in diesem Dorf gehütet werden konnte, nicht so eifersüchtig verteidigt hätten.»

Roberto Asís sah seine Mutter hochdramatisch an: «Ich dachte heute morgen einen Moment, ich müßte sterben», sagte er. Die Witwe schien nicht erschüttert.

«Die Asís sind eifersüchtig», sagte sie. «Das ist das schlimmste Unglück dieses Hauses gewesen.»

Gemeinsam verharrten sie in langem Schweigen. Es war fast vier, und die Hitze ließ langsam nach. Als Roberto Asís den elektrischen Ventilator abstellte, erwachte das ganze Haus voller Frauenstimmen und Vogelgesang.

«Gib mir das Fläschchen vom Nachttisch», sagte die Witwe.

Sie nahm zwei Pillen heraus, grau und rund wie künstliche Perlen, und gab die Flasche ihrem Sohn mit den Worten zurück: «Nimm zwei, sie helfen dir beim Einschlafen. Er schluckte sie mit dem Wasser, das seine Mutter im Glas übriggelassen hatte, und legten den Kopf wieder aufs Kissen.

Die Witwe seufzte. Sie schwieg nachdenklich. Dann, wie üblich auf das ganze Dorf übertragend, was nur das halbe Dutzend Familien betraf, die ihre Klasse ausmachte, sagte sie:

«Das Üble an diesem Dorf ist, daß die Frauen allein zu Hause bleiben müssen, wenn die Männer in die Berge gehen.»

Roberto Asís schlief ein. Die Witwe betrachtete das unrasierte Kinn, die scharf gebogene Nase und dachte an ihren toten Mann. Auch Adalberto Asís hatte die Verzweiflung gekannt. Er war ein ungezähmter Riese gewesen, der sich ein einziges Mal in seinem Leben für fünfzehn Minuten einen Zelluloidkragen umgebunden hatte, um die Daguerreotypie machen zu lassen, die ihn auf dem Nachttisch überlebt hatte. Es hieß, er habe in diesem Schlafzimmer einen Mann, den er mit seiner Frau im Bett vorgefunden hatte, umgebracht und heimlich im Innenhof begraben. Die Wahrheit sah anders aus: Adalberto Asís hatte mit einem Flintenschuß ein Seidenäffchen erlegt, das er auf einem Querbalken im Schlafzimmer erwischt hatte, als es beim Anblick seiner sich umziehenden Frau masturbierte. Vierzig Jahre später war er gestorben, ohne die Legende berichtigen zu können.

Pater Angel erklomm die steile Treppe mit den ausgetretenen Stufen. Im zweiten Stock lag am Ende eines Korridors, an dessen Wänden Gewehre und Patronengürtel hingen, auf einem Feldbett ausgestreckt ein Polizist und las. Er war so in die Lektüre vertieft, daß er die Anwesenheit des Paters erst bemerkte, als er dessen Gruß vernahm. Er rollte die Zeitschrift zusammen und setzte sich auf.

«Was lesen Sie?» fragte Pater Angel.

Der Polizist zeigte ihm die Zeitschrift.

«*Terry und die Piraten.*»

Der Pater betrachtete ununterbrochen prüfend die drei

fensterlosen Zellen aus Eisenbeton, die zum Korridor hin mit dicken Eisenstäben vergittert waren. In der mittleren Zelle schlief in einer Hängematte breitbeinig ein weiterer Polizist in Unterhosen. Die anderen Zellen standen leer. Pater Angel fragte nach César Montero.
«Er ist dort», sagte der Polizist, mit dem Kopf auf eine geschlossene Tür deutend. «Das ist das Zimmer des Kommandanten.»
«Kann ich mit ihm sprechen?»
«Er ist in Einzelhaft», sagte der Polizist.
Der Pater bestand nicht auf seiner Bitte. Er fragte, ob es dem Gefangenen gutgehe. Der Polizist antwortete, daß man ihm das beste Zimmer der Polizeistation zugewiesen habe, mit guter Beleuchtung und fließendem Wasser, aber seit vierundzwanzig Stunden habe er nichts gegessen. Das Essen, das der Bürgermeister im Hotel bestellte, habe er zurückgewiesen.
«Er hat Angst, daß er vergiftet wird», schloß der Polizist.
«Man hätte ihm das Essen von zu Hause bringen lassen sollen», sagte der Pater.
«Er will nicht, daß seine Frau belästigt wird.»
Wie im Selbstgespräch murmelte der Pater: «Ich werde das alles mit dem Bürgermeister besprechen.» Er schickte sich an, bis zum Ende des Korridors zu gehen, wo der Bürgermeister sich sein kugelsicheres Büro hatte bauen lassen.
«Er ist nicht da», sagte der Polizist. «Er ist schon zwei Tage zu Hause, mit Zahnschmerzen.»
Pater Angel ging zu ihm. Wie erschlagen lag er in der Hängematte, neben sich einen Stuhl mit einem Krug

Salzwasser, einer Packung Schmerztabletten und dem Patronengürtel mit dem Revolver. Die Wange war immer noch geschwollen. Pater Angel rückte sich einen Stuhl an die Hängematte.
«Lassen Sie ihn ziehen», sagte er.
Der Bürgermeister spuckte einen Mundvoll Salzwasser ins Nachtgeschirr.
«Das ist sehr leicht gesagt», antwortete er, den Kopf über das Nachtgeschirr gebeugt. Der Pater verstand. Er sagte mit leiser Stimme:
«Wenn Sie mich dazu ermächtigen, spreche ich mit dem Zahnarzt.» Er holte tief Luft und wagte hinzuzufügen: «Er ist ein einsichtiger Mensch.»
«Wie ein Maulesel», sagte der Bürgermeister. «Ich könnte ihn zusammenknallen, und trotzdem bliebe alles beim alten.»
Pater Angels Blick folgte ihm zum Waschbecken. Der Bürgermeister öffnete den Hahn, hielt die geschwollene Wange unter den kalten Wasserstrahl und blieb so einen Augenblick mit verzücktem Gesichtsausdruck. Dann kaute er eine Schmerztablette und trank Wasser aus den Händen.
«Im Ernst», beharrte der Pater. «Ich kann mit dem Zahnarzt sprechen.»
Der Bürgermeister machte eine ungeduldige Gebärde.
«Machen Sie, was Sie wollen, Pater.»
Er legte sich in die Hängematte, schloß die Augen und, die Hände im Nacken verschränkt, atmete er rhythmisch und wütend. Der Schmerz begann nachzulassen. Als er die Augen wieder öffnete, betrachtete der Pater ihn still, neben der Hängematte sitzend.

«Was führt Sie hierher?» fragte der Bürgermeister.
«César Montero», sagte der Pater ohne Umschweife. «Der Mann braucht die Beichte.»
«Er ist in Einzelhaft», sagte der Bürgermeister. «Morgen, nach den Voruntersuchungen, können Sie ihm die Beichte abnehmen. Montag müssen wir ihn verlegen.»
«Er hat schon achtundvierzig Stunden hinter sich», sagte der Pater.
«Und ich habe schon zwei Wochen hinter mir mit diesem Zahn», sagte der Bürgermeister.
In dem düsteren Raum fingen die Mücken an zu summen. Pater Angel sah durchs Fenster eine rosenrote Wolke über dem Fluß schweben.
«Und das Problem mit dem Essen?» fragte er.
Der Bürgermeister verließ die Hängematte, um die Balkontür zu schließen. «Ich habe meine Pflicht getan», sagte er. «Weder will er, daß man seine Frau behelligt, noch hat er das Hotelessen angerührt.» Er fing an, Insektenmittel im Raum zu versprühen. Pater Angel suchte nach einem Taschentuch in seiner Tasche, um nicht zu niesen, doch statt des Taschentuchs fand er einen zerknitterten Brief. «Ach!» rief er aus, indem er den Brief mit den Fingern zu glätten versuchte. Der Bürgermeister unterbrach das Sprühen. Der Pater hielt sich die Nase zu, doch er bemühte sich umsonst: er nieste zweimal. «Niesen Sie, Pater», sagte der Bürgermeister. Und betonte mit einem Lächeln:
«Wir leben in einer Demokratie.»
Auch Pater Angel lächelte. Er sagte, auf den geschlossenen Umschlag zeigend: «Ich habe vergessen, den Brief zur

Post zu bringen.» Er fand das Taschentuch im Ärmel und putzte sich die von dem Insektenmittel gereizte Nase. Noch immer dachte er an César Montero.
«Es ist, als hielten sie ihn bei Wasser und Brot.»
«Wenn ihm das schmeckt», sagte der Bürgermeister. «Wir können ihn nicht zwangsernähren.»
«Was mich mehr beunruhigt, ist sein Gewissen», sagte der Pater.
Ohne das Taschentuch von der Nase zu nehmen, folgte er dem Bürgermeister mit den Blicken durchs Zimmer, bis dieser aufhörte zu sprühen. «Er muß in großer Unruhe sein, wenn er fürchtet, daß man ihn vergiften will», sagte er. Der Bürgermeister stellte die Sprühdose auf den Boden.
«Er weiß, daß Pastor überall beliebt war», sagte er.
«César Montero aber auch», antwortete der Pater.
«Doch der Zufall will, daß Pastor der Tote ist.»
Der Pater sah auf den Brief. Das Licht wurde malvenfarben. «Pastor», murmelte er. «Ihm blieb keine Zeit zur Beichte.»
Der Bürgermeister machte Licht, bevor er sich in die Hängematte legte.
«Morgen wird es mir besser gehen», sagte er. «Nach den gerichtlichen Ermittlungen können Sie ihm die Beichte abnehmen. Ist Ihnen das recht?»
Pater Angel war einverstanden. «Es geht mir nur um seinen Seelenfrieden», betonte er. Er erhob sich mit einer feierlichen Bewegung. Er empfahl dem Bürgermeister, nicht zu viele Schmerzmittel zu nehmen, und der Bürgermeister erinnerte ihn daran, den Brief nicht zu vergessen.

«Und noch etwas», sagte der Bürgermeister. «Versuchen Sie unbedingt mit dem Zahnzieher zu sprechen.» Er sah dem Priester nach, der im Begriff war, die Treppe hinunterzusteigen, und fügte wiederum lächelnd hinzu: «All das trägt zur Festigung des Friedens bei.»
Vor der Tür seines Büros sitzend, sah der Postbeamte den Abend sinken. Als Pater Angel ihm den Brief gab, ging er zum Schalter, befeuchtete mit der Zunge eine Luftpostmarke zu fünfzehn Centavos und den Sonderzuschlag für Bauvorhaben. Dann durchwühlte er die Schreibtischschublade. Als die Straßenlampen aufflammten, legte Pater Angel mehrere Münzen auf den Schaltertresen und ging, ohne sich zu verabschieden.
Der Beamte suchte immer weiter in der Schublade. Des Papierkramens müde, schrieb er einen Augenblick später in eine Ecke des Briefumschlages: ‹Keine Fünfermarken vorrätig.› Er unterschrieb und drückte den Amtsstempel darauf.

Am gleichen Abend erblickte Pater Angel nach dem Rosenkranzbeten eine im Weihwasser schwimmende tote Maus. Trinidad stellte gerade Fallen im Taufbecken auf. Pater Angel packte das Tier an der Schwanzspitze.
«Du wirst ein Unglück verursachen», sagte er zu Trinidad, indem er die tote Maus vor ihr schwang. «Weißt du nicht, daß manche Gläubige das Weihwasser in Flaschen füllen und es ihren Kranken zu trinken geben?»
«Und was macht das?» fragte Trinidad.
«Was das macht?» antwortete der Pater. «Nichts weniger, als daß die Kranken Weihwasser mit Arsenik trinken werden.»

Trinidad machte ihn darauf aufmerksam, daß er ihr überhaupt noch kein Geld für Arsenik gegeben hatte. «Es ist Gips», sagte sie und verriet ihr Rezept: Sie hatte Gips in die Kirchenecken gestreut; die Maus hatte ihn gefressen und einen Augenblick später war sie, wahnsinnig vor Durst, zum Trinken ins Becken gesprungen. Das Wasser hatte den Gips in ihrem Magen versteinert.

«Auf jeden Fall», sagte der Pater, «ist es besser, du holst dir bei mir Geld für Arsenik. Ich will keine toten Mäuse mehr im Weihwasser sehen.»

Im Arbeitszimmer erwartete ihn eine Abordnung katholischer Damen, angeführt von Rebeca de Asís. Nachdem er Trinidad Geld für das Arsenik gegeben hatte, machte er eine Bemerkung über die Hitze im Raum und setzte sich den drei schweigend wartenden Damen gegenüber an den Schreibtisch.

«Zu Ihren Diensten, meine verehrten Señoras.»

Sie blickten einander an. Darauf öffnete Rebeca de Asís einen mit einer japanischen Landschaft bemalten Fächer und sagte ohne Umschweife:

«Es handelt sich um die Schmähschriften, Pater.»

Mit einschmeichelnder Stimme, als erzähle sie ein Kindermärchen, schilderte sie die Betroffenheit der Dorfbewohner. Sie sagte, wenn man den Tod von Pastor auch als ‹rein persönliche Angelegenheit› betrachten müsse, so fühlten sich die ehrbaren Familien doch wegen der Schmähschriften zu Besorgnis veranlaßt.

Auf den Griff ihres Sonnenschirmes gestützt, wurde Adalgisa Montoya, die älteste der drei, noch deutlicher:

«Wir als Katholikinnen haben beschlossen, in dieser Angelegenheit Stellung zu nehmen.»

Pater Angel dachte ein paar Sekunden lang nach. Rebeca de Asís holte tief Luft, und der Pater fragte sich, wie diese Frau einen so warmen Duft ausströmen könne. Sie war herrlich und wie eine blendendweiße Blüte von leidenschaftlicher Gesundheit. Der Pater blickte beim Sprechen auf einen unbestimmten Punkt.

«Meiner Meinung nach», sagte er, «sollten wir der Stimme des Ärgernisses keine Beachtung schenken. Wir sollten über seine Methoden erhaben sein und uns nach wie vor an Gottes Gebot halten.»

Adalgisa Montoya nickte zustimmend. Doch die anderen waren nicht einverstanden: ihnen schien, daß dieses Mißgeschick auf lange Sicht verhängnisvolle Folgen zeitigen werde. In diesem Augenblick hustete der Kinolautsprecher. Pater Angel schlug sich mit der Hand vor die Stirn. «Entschuldigen Sie», sagte er, während er in der Tischschublade die katholische Zensurliste suchte.

«Was wird heute gespielt?»

«Piraten des Weltraums», sagte Rebeca de Asís. «Es ist ein Kriegsfilm.»

Pater Angel suchte in der alphabetischen Reihenfolge, murmelte Bruchstücke von Titeln, während er mit dem Zeigefinger die lange Klassifizierungsliste entlangfuhr. Beim Umblättern hielt er inne.

«Piraten des Weltraums».

Er fuhr mit dem Zeigefinger waagrecht auf der Suche nach der moralischen Bewertung, als er statt der Schallplatte die Stimme des Kinosbesitzers vernahm. Dieser gab das Ausfallen der Vorstellung wegen des schlechten Wetters bekannt. Eine der Frauen erklärte, der Kinobesitzer habe

diesen Entschluß gefaßt, weil das Publikum das Eintrittsgeld zurückverlange, falls der Regen den Film vor der Pause unterbreche.
«Ein Jammer», sagte Pater Angel. «Er war für alle geeignet.»
Er schloß das Heft und fuhr fort:
«Wie ich Ihnen schon sagte: dies ist ein frommes Dorf. Vor neunzehn Jahren, als ich die Pfarrei übernahm, gab es in den angesehenen Familien elf öffentlich bekannte Konkubinate. Heute ist nur eines übriggeblieben, und ich hoffe, nicht mehr für lange.»
«Es ist nicht unsretwegen», sagte Rebeca de Asís. «Aber diese armen Leute...»
«Es besteht kein Grund zur Sorge», fuhr der Pater fort, ohne auf den Einwand zu achten. «Man muß nur sehen, wie sich dieses Dorf verändert hat. Einst gab eine russische Tänzerin auf dem Hahnenkampfplatz eine Vorstellung nur für Männer und zum Schluß versteigerte sie alles, was sie auf dem Leib trug.»
Adalgisa Montoya unterbrach:
«Das stimmt», sagte sie.
Sie erinnerte sich tatsächlich an den Skandal, wie er ihr erzählt worden war: als die Tänzerin splitternackt dastand, fing auf der Galerie ein Greis zu kreischen an, erklomm die oberste Stufe und urinierte ins Publikum. Man hatte ihr erzählt, die übrigen Männer, dem Beispiel folgend, hätten sich schließlich unter wildem Gebrüll gegenseitig naß gemacht.
«Heute», fuhr der Pater fort, «steht fest, daß unser Dorf das gottesfürchtigste in der ganzen apostolischen Präfektur ist.»

Er klammerte sich an seine These. Er berichtete von einigen schwierigen Augenblicken in seinem Kampf gegen die Schwächen und Fehler des Menschengeschlechts, bis die von der Hitze erschöpften katholischen Damen ihm keine Aufmerksamkeit mehr schenkten. Rebeca de Asís öffnete wieder ihren Fächer, und nun entdeckte Pater Angel die Quelle ihres Dufts. Der Sandelholzgeruch verdichtete sich im betäubenden Dunst des Zimmers. Der Pater zog sein Taschentuch aus dem Ärmel und hielt es sich vor die Nase, um nicht niesen zu müssen.
«Gleichzeitig», fuhr er fort, «ist unser Gotteshaus das allerärmste der apostolischen Präfektur. Die Glocken sind gesprungen, und die Kirche ist voller Mäuse, denn ich habe mein Leben damit zugebracht, Moral und gute Sitten durchzusetzen.»
Er knöpfte sich den Kragen auf. «Die materielle Arbeit kann irgendein junger Mann tun», sagte er und stand auf. «Dagegen bedarf es der Beharrlichkeit vieler Jahre und alter Erfahrung, um die Sittlichkeit wiederherzustellen.»
Rebeca de Asís erhob ihre durchsichtige Hand, an der ein Smaragdreif den Ehering in den Schatten stellte.
«Eben deshalb haben wir gedacht», sagte sie, «daß durch diese Schmähschriften Ihre ganze Arbeit vernichtet würde.»
Die einzige Frau, die bis dahin geschwiegen hatte, nutzte die Pause, um einzugreifen.
«Außerdem glauben wir, ist unser Land dabei, sich zu erholen, und das Übel jetzt könnte dabei hinderlich wirken.»
Pater Angel holte einen Fächer aus dem Schrank und fächelte sich bedächtig.

«Das eine hat nichts mit dem anderen zu tun», sagte er. «Wir haben eine politisch schwierige Phase durchgemacht, die Familienmoral jedoch ist unangetastet geblieben.»
Er pflanzte sich vor den drei Frauen auf. «In wenigen Jahren werde ich dem apostolischen Präfekten sagen können: Hier übergebe ich Ihnen diesen vorbildlichen Ort. Sie brauchen jetzt nurmehr einen jungen unternehmungslustigen Menschen zu entsenden, damit er die beste Kirche der Präfektur errichtet.»
Er machte eine schlaffe Verbeugung und rief aus:
«Und dann werde ich beruhigt im Innenhof meiner Oberen sterben.»
Die Damen erhoben Einspruch. Adalgisa Montoya drückte den Gedanken aller aus:
«Unser Dorf ist auch Ihr Dorf, Pater. Und wir wünschen, daß Sie bis zum letzten Augenblick hierbleiben.»
«Wenn es sich darum handelt, eine neue Kirche zu bauen», sagte Rebeca de Asís, «können wir sofort eine Kampagne in Gang setzen.»
«Alles zu seiner Zeit», erwiderte Pater Angel.
Dann fügte er in verändertem Tonfall hinzu: «Vorläufig möchte ich nicht an der Spitze irgendeiner Pfarrei alt werden. Ich möchte nicht, daß es mir ergeht wie dem sanften Antonio Isabel vom Allerheiligsten Altarsakrament Castañeda y Montero, der dem Bischof mitteilte, in seiner Pfarrei regne es tote Vögel. Der vom Bischof entsandte Beauftragte fand ihn auf dem Dorfplatz, wie er mit den Kindern Räuber und Gendarm spielte.»
Die Damen drückten ihre Verwunderung aus.

«Wer war das?»

«Der Priester, der mein Nachfolger in Macondo war», sagte Pater Angel. «Er war hundert Jahre alt.»

Der Winter, dessen Widrigkeiten sich mit den letzten Septembertagen bemerkbar gemacht hatten, setzte an jenem Wochenende mit Macht ein. Der Bürgermeister verbrachte den Sonntag tablettenkauend in der Hängematte, während der über die Ufer getretene Fluß die tiefergelegenen Dorfteile verwüstete.

Nach der ersten Regenpause am frühen Montagmorgen brauchten die Dorfbewohner Stunden, um sich zu erholen. Der Billardsaal und der Friseurladen öffneten zeitig, doch die meisten Häuser blieben bis elf geschlossen. Gelegenheit zum Schaudern bot sich als erstem Señor Carmichael angesichts des Schauspiels von Menschen, die ihre Häuser auf höhergelegenes Gelände verfrachteten. Lärmende Gruppen hatten Stützpfähle ausgegraben und verpflanzten ganze dürre Lehmhütten mitsamt den Palmblattdächern.

Unter die Dachtraufe des Friseurladens geflüchtet, betrachtete Señor Carmichael mit aufgespanntem Regenschirm das mühselige Treiben, als der Friseur ihn aus seiner Gedankenversunkenheit riß.

«Sie hätten warten sollen, bis der Regen aufhört», sagte der Friseur.

«Er wird zwei Tage lang nicht aufhören», sagte Señor Carmichael und klappte den Schirm zu. «Meine Hühneraugen sagen es mir.»
Die Männer, die die Häuser schleppten, versanken bis zu den Knöcheln im Schlamm und stießen damit im Vorüberziehen gegen die Wände des Friseurladens. Señor Carmichael sah durch das Fenster in das wüste Innere einer ihrer Intimität völlig beraubten Schlafkammer und wurde von einem Gefühl des Zusammenbruchs befallen.
Es schien sechs Uhr morgens zu sein, jedoch sein Magen sagte ihm, daß es auf zwölf ging. Der Syrer Moises lud ihn ein, sich in seinen Laden zu setzen, bis es nicht mehr regnete. Señor Carmichael wiederholte seine Voraussage, daß der Regen die nächsten vierundzwanzig Stunden nicht aufhören würde. Er zögerte, bevor er auf den Gehsteig des Nachbarhauses sprang. Eine Gruppe kriegsspielender Jungen warf einen Lehmklumpen, der an der Wand zerplatzte, nur wenige Meter neben seinen frischgebügelten Hosen. Der Syrer Elias trat mit einem Besen in der Hand aus seinem Laden und drohte den Jungen in einem Gemisch aus Arabisch und Spanisch.
Die Jungen hüpften vor Vergnügen:
«Scheißtürke!»
Señor Carmichael sah nach, ob seine Kleidung unbeschmutzt geblieben war. Dann klappte er den Regenschirm zu und trat in den Friseurladen, wo er gleich Platz nahm.
«Ich habe immer gesagt, daß Sie ein kluger Mann sind», sagte der Friseur.
Er band ihm ein Leintuch um den Hals. Señor Carmichael

roch den Duft des Lavendelwassers, der ihm ebensoviel Unbehagen verursachte, wie die eisigen Dämpfe beim Zahnarzt. Der Friseur schnippelte erst das Nackenhaar zurecht. Mit ungeduldigem Blick suchte Senór Carmichael etwas zum Lesen.

«Gibt es keine Zeitungen?»

Der Friseur antwortete, ohne seine Arbeit zu unterbrechen.

«Im ganzen Land gibt es nur noch die offiziellen Zeitungen, und die kommen mir nicht in dieses Geschäft, solange ich lebe.»

Señor Carmichael begnügte sich damit, seine rissigen Schuhe zu betrachten, bis der Friseur ihn nach der Witwe Montiel fragte. Er kam von dort. Er war seit dem Tod von Don Chepe Montiel, dessen Buchhalter er jahrelang gewesen war, ihr Verwalter.

«Es geht», sagte er.

«Unsereins bringt sich um», sagte der Friseur, als spräche er mit sich selbst, «und ihr allein gehören Ländereien, die man nicht in fünf Tagen durchreiten kann. Sie muß die Besitzerin von etwa zehn Dorfgemeinden sein.»

«Von drei», sagte Señor Carmichael, und fügte völlig überzeugt hinzu: «Sie ist die beste Frau der Welt.»

Der Friseur trat an den Frisiertisch, um das Kämmchen zu säubern. Señor Carmichael sah das Gesicht eines Ziegenbocks im Spiegel, und begriff wieder einmal, warum er ihn nicht leiden konnte. Der Friseur sagte, das Spiegelbild anblickend:

«Feines Geschäft: meine Partei ist an der Macht, die Polizei droht meinen politischen Gegnern mit dem Tod, und ich kaufe ihnen Land und Vieh zu einem Preis ab, den ich selbst bestimme.»

Señor Carmichael senkte den Kopf. Der Friseur machte sich wieder ans Schneiden des Haars. «Wenn die Wahlen vorbei sind», schloß er, «bin ich Herr über drei Dorfgemeinden, habe keine Konkurrenz und behalte mittlerweile das Heft auch dann in der Hand, wenn die Regierung wechselt. Ich sage Ihnen: nicht mal Banknoten fälschen ist ein besseres Geschäft.»

«José Montiel war schon lange reich, bevor die politischen Kämpfe losgingen», sagte Señor Carmichael.

«In Unterhosen saß er vor der Tür einer Reismühle», sagte der Friseur. «Man erzählt sich, daß er neun Jahre zuvor sein erstes Paar Schuhe angezogen hatte.»

«Und wenn es so gewesen wäre», räumte Señor Carmichael ein, hatte die Witwe nichts mit Montiels Geschäften zu tun.

«Sie hat sich nur dumm gestellt», sagte der Friseur.

Señor Carmichael hob den Kopf. Er lockerte das Tuch am Hals, um seinen Kreislauf in Bewegung zu setzen. «Deswegen habe ich es immer vorgezogen, mir von meiner Frau die Haare schneiden zu lassen», bekannte er. «Das kostet nichts, und obendrein spricht sie mit mir nicht über Politik.» Der Friseur drückte ihm den Kopf nach vorn und arbeitete schweigend weiter. Manchmal schnippelte er mit der Schere in der Luft, um einen Überschuß an Kunstfertigkeit loszuwerden. Señor Carmichael hörte Geschrei von der Straße. Er sah im Spiegel die Kinder und Frauen mit Möbeln und Hausrat aus den verpflanzten Hütten an der Tür vorüberziehen. Grollend bemerkte er:

«Uns frißt das Unglück auf, aber Ihr macht immer weiter mit Eurem politischen Haß. Seit mehr als einem Jahr gibt es keine Verfolgung mehr, und noch immer wird davon geredet.»

«Die Verwahrlosung, in der man uns läßt, ist auch Verfolgung», sagte der Friseur.

«Aber es prügelt uns niemand mehr», sagte Señor Carmichael.

«Uns der Güte Gottes zu überlassen, ist auch eine Art Prügel.»

Señor Carmichael wurde wütend.

«Das ist Zeitungsliteratur», sagte er.

Der Friseur schwieg. Er rührte Schaum in einer Kürbisschale und seifte mit dem Pinsel Señor Carmichaels Nacken ein. «Man muß sich einfach mal Luft machen», entschuldigte er sich. «Nicht jeden Tag begegnet man einem unparteiischen Menschen.»

«Wenn einer elf Kinder zu füttern hat, kann er nicht anders als unparteiisch sein», sagte Señor Carmichael.

«Einverstanden», sagte der Friseur.

Er brachte das Rasiermesser auf seinem Handballen zum Singen. Schweigsam rasierte er ihm den Nacken, wischte den Seifenschaum mit den Fingern ab und wischte dann die Finger an der Hose ab. Schließlich rieb er ihm mit einem Alaunstein den Nacken. Schweigend beendete er seine Arbeit.

Während Señor Carmichael sich den Kragen zuknöpfte, sah er die an die Rückwand genagelte Bekanntmachung: ‹Politische Gespräche verboten.› Er klopfte sich die Haarschnipsel von den Schultern, hängte sich den Regen-

schirm über den Arm und fragte, auf die Bekanntmachung deutend:
«Warum nehmen Sie das nicht ab?»
«Das betrifft Sie nicht», sagte der Friseur. «Wir haben nichts dagegen, daß Sie unparteiisch sind.»
Diesmal zögerte Señor Carmichael nicht, auf den Gehsteig hinüberzuspringen. Der Friseur sah ihm nach, bis er um die Ecke bog, dann blickte er entrückt in den trüben, bedrohlichen Fluß. Es hatte aufgehört zu regnen, aber noch hing eine schwere Wolke unbeweglich über dem Dorf. Kurz vor eins trat der Syrer Moises ein und klagte darüber, daß ihm die Haare vom Kopf fielen, während sie im Nacken dafür außerordentlich schnell wüchsen. Der Syrer kam jeden Montag zum Haareschneiden. Gewöhnlich senkte er schicksalergeben den Kopf und schnarchte auf arabisch, während der Friseur laute Selbstgespräche führte. An diesem Montag aber fuhr er bei der ersten Frage erschrocken auf.
«Wissen Sie, wer hier war?»
«Carmichael», sagte der Syrer.
«Dieser Unglücksneger Carmichael», bestätigte der Friseur, als ob er den Satz buchstabieren müsse. «Ich hasse diese Sorte Mann.»
«Carmichael ist kein Mann», sagte der Syrer Moises. «Seit bald drei Jahren hat er kein paar Schuhe gekauft. Aber in der Politik macht er es, wie man es machen soll: Er führt die Bücher mit geschlossenen Augen.»
Er senkte den Bart auf die Brust, um wieder zu schnarchen, aber der Friseur baute sich mit verschränkten Armen vor ihm auf und fragte: «Sagen Sie mal, Scheißtürke, mit

wem halten Sie es?» Der Syrer erwiderte unerschütterlich: «Mit mir.»

«Das ist schlecht für Sie», entgegnete der Friseur. «Sie sollten wenigstens die vier Rippen bedenken, die man auf Rechnung von Don Chepe Montiel dem Sohn Ihres Landmanns Elias gebrochen hat.»

«Elias ist so übel, daß der Sohn ihm politisch geraten ist», sagte der Syrer. «Aber inzwischen tanzt der Junge munter in Brasilien rum, und Chepe Montiel ist tot.»

Bevor der Bürgermeister das durch lange Leidensnächte verschlampte Zimmer verließ, rasierte er sich die rechte Wange und ließ auf der linken den acht Tage alten Bart stehen. Dann zog er sich die saubere Uniform an, die Lackstiefel und ging, die Regenpause nutzend, zum Mittagessen hinunter ins Hotel.

Der Eßraum war leer. Der Bürgermeister zwängte sich zwischen den Vierertischchen durch und nahm ganz hinten im Saal den unauffälligsten Platz ein.

«Máscaras!» rief er.

Ein blutjunges Mädchen in einem kurzen, engen Kleid mit Brüsten wie aus Stein eilte herbei. Ohne sie anzusehen, bestellte der Bürgermeister das Essen. Auf dem Rückweg zur Küche schaltete das Mädchen das auf einem Wandbord am anderen Ende des Speiseraums stehende Radio ein. Nachrichten wurden gesendet mit Zitaten aus einer Rede, die der Präsident der Republik am Vorabend gehalten hatte, anschließend eine Liste von Artikeln, die neuerdings nicht mehr importiert werden durften.

Je mehr die Stimme des Sprechers den Raum einnahm, desto stärker wurde die Hitze. Als das Mädchen mit der Suppe zurückkehrte, versuchte der Bürgermeister, seinen

Schweißausbruch zu dämmen, indem er sich mit der Mütze Luft zufächelte.

«Mich bringt das Radio auch zum Schwitzen», sagte das Mädchen.

Der Bürgermeister löffelte die Suppe. Er hatte immer gefunden, dieses einsame Hotel, das von gelegentlichen Handlungsreisenden lebte, gehöre nicht zum Dorf. Es war in Wirklichkeit auch älter als das Dorf. Die Kaufleute, die aus dem Landesinnern kamen, um die Reisernte zu kaufen, verbrachten auf seinem schiefen Holzbalkon kartenspielend die Nacht, in Erwartung der Morgenkühle, um schlafen zu können. Oberst Aureliano Buendía persönlich hatte auf dem Wege nach Macondo, wo er über die Kapitulationsbedingungen des letzten Bürgerkriegs verhandelte, eine Nacht auf diesem Balkon zu einer Zeit geschlafen, als es meilenweit keine Ortschaften gab. Es war damals dasselbe Haus mit Holzwänden und Zinkdach, mit demselben Speiseraum und denselben Trennwänden aus Pappe zwischen den Zimmern, nur ohne elektrisches Licht und sanitäre Anlagen. Ein alter Handlungsreisender erzählte, im Speiseraum habe bis zum Beginn des Jahrhunderts eine Anzahl Masken gehangen, mit welchen die Gäste, maskiert und für jeden sichtbar, im Innenhof ihre Notdurft verrichteten.

Der Bürgermeister mußte sich den Kragen aufknöpfen, um die Suppe aufessen zu können. Den Nachrichten folgte eine Schallplatte mit Reklameversen. Dann ein sentimentaler Bolero. Ein Mann mit Mentholstimme, halbtot vor Liebe, hatte beschlossen, hinter einer Frau um die ganze Welt zu jagen. Während er auf sein weiteres Essen wartete,

schenkte der Bürgermeister seine Aufmerksamkeit dem Lied, bis er zwei Kinder mit zwei Stühlen und einem Schaukelstuhl vor dem Hotel vorübergehen sah. Danach zwei Frauen und einen Mann mit Kochtöpfen und Schüsseln sowie der restlichen Einrichtung.
Er ging zur Tür und rief: «Wo habt ihr diesen Kram gestohlen?»
Die Frauen blieben stehen. Der Mann erklärte ihm, daß sie auf höhergelegenes Gelände umzögen. Der Bürgermeister fragte, wohin sie das Haus geschafft hätten, und der Mann zeigte mit dem Strohhut nach Süden.
«Dort oben, auf ein Gelände, das uns Don Sabas für dreißig Pesos verpachtet hat.»
Der Bürgermeister betrachtete prüfend das Mobiliar. Ein wackliger Schaukelstuhl, brüchige Töpfe: Sachen armer Leute. Er überlegte einen Augenblick. Schließlich sagte er: «Bringt diese Sachen und euren ganzen anderen Krempel auf das freie Gelände neben dem Friedhof.»
Der Mann blickte finster.
«Es sind Gemeindegrundstücke, die euch nichts kosten», sagte der Bürgermeister. «Die Gemeinde schenkt sie euch.»
Dann wandte er sich an die Frauen und fügte hinzu: «Und richtet Don Sabas aus, ich ließe ihm sagen, er soll nicht so ein Räuber sein.»
Er beendete sein Mittagessen, ohne daß es ihm schmeckte. Dann zündete er sich eine Zigarette an. Er zündete eine weitere an ihrem Stummel an und blieb mit aufgestützten Ellbogen eine geraume Weile nachdenklich sitzen, während das Radio sentimentale Boleros dudelte.

«Woran denken Sie?» fragte das Mädchen und räumte die leeren Teller ab.
Der Bürgermeister zuckte nicht mit der Wimper.
«An die armen Leute.»
Er setzte sich die Mütze auf und durchquerte den Raum. An der Tür wandte er den Kopf und sagte:
«Aus diesem Dorf muß was Anständiges gemacht werden.»
Ein blutiger Hundekampf behinderte an der Straßenecke seinen Schritt. Er sah ein Knäuel aus Rücken und Pfoten, einen heulenden Strudel und dann gefletschte Zähne und einen Hund, der mit eingeklemmtem Schwanz eine Pfote nachzog. Der Bürgermeister wich aus und ging auf dem Gehsteig weiter zur Polizeiwache.
Im Gefängnis schrie eine Frau, während der wachhabende Polizist auf einem Feldbett seinen Mittagsschlaf hielt. Der Bürgermeister verpaßte dem Feldbett einen Fußtritt. Der Polizist erwachte mit einem Sprung.
«Wer ist das?» fragte der Bürgermeister.
Der Polizist nahm Haltung an.
«Die Frau, die die Schmähschriften angeklebt hat.»
Der Bürgermeister erging sich in Beschimpfungen gegen seine Untergebenen. Er wollte wissen, wer die Frau gebracht habe und auf wessen Befehl sie eingesperrt worden sei. Die Polizisten gaben eine umständliche Erklärung ab.
«Wann habt Ihr sie eingesperrt?»
«Sie wurde Samstagnacht verhaftet.»
«Dann kommt sie raus und einer von euch geht rein», schrie der Bürgermeister. «Diese Frau hat im Gefängnis

geschlafen, während morgens das Dorf mit Zetteln beklebt war.»

Kaum hatte sich die schwere Eisentür geöffnet, als eine ältere Frau mit kräftigem Knochenbau und einem gewaltigen Haarknoten, der von einem hohen spanischen Kamm gehalten war, schreiend aus der Zelle gestürzt kam.

«Geh zum Teufel», sagte der Bürgermeister.

Die Frau löste den Haarknoten, schüttelte mehrmals ihr langes üppiges Haar und rannte wie eine Besessene schreiend die Treppe hinunter: «Hure, Hure.» Der Bürgermeister beugte sich über das Geländer und schrie, so laut er konnte, als sollte ihn nicht nur die Frau und seine Beamten hören, sondern das ganze Dorf: «Laßt mich endlich mit euren Scheißzetteln in Ruhe.»

Trotz des Sprühregens ging Pater Angel hinaus, um seinen Nachmittagsspaziergang zu machen. Für die Verabredung mit dem Bürgermeister war es noch zu früh, deshalb suchte er das überschwemmte Gebiet auf. Er sah nur zwischen Blumen eine tote Katze treiben.

Als er zurückkehrte, wurde es trockner. Der Nachmittag hatte wieder Kraft und Glanz. Eine Barkasse mit geteertem Deck fuhr den trägen bewegungslosen Fluß hinunter. Aus einem halbzerfallenen Haus kam ein Kind gelaufen und schrie, es habe das Meer in einer Muschel gefunden. Pater Angel hielt sich die Muschel ans Ohr. Wahrhaftig, da war das Meer.

Die Frau des Richters Arcadio saß, die Arme über dem Bauch verschränkt und den Blick auf die Barkasse geheftet, wie entrückt vor ihrer Haustür. Drei Häuser weiter begannen die Läden, die Auslagen mit Ramsch, vor den Türen saßen frech die Syrer. Der Nachmittag starb in dunkelrosa Wolken und im Gekreisch der Papageien und Seidenäffchen auf dem gegenüberliegenden Ufer.

Die Häuser begannen sich zu öffnen. Unter den verschmutzten Mandelbäumen des Platzes rings um die kleinen Erfrischungswagen oder an der verwitterten Graniteinfassung der Viehtränke trafen sich die Männer zum Reden. Pater Angel dachte, wie das Dorf jeden Nachmittag um diese Zeit das Wunder der Verklärung erlebe.

«Pater, erinnern Sie sich an die Gefangenen aus den Konzentrationslagern?»

Pater Angel sah Doktor Giraldo nicht an, aber er stellte ihn sich lächelnd hinter dem Gitterfenster vor. Ehrlich gesagt, erinnerte er sich nicht an die Photos, doch war er sicher, sie irgendwann gesehen zu haben.

«Schauen Sie einmal ins Wartezimmer», sagte der Arzt.

Pater Angel stieß die Gittertür auf. Auf einer Matte lag ein mit gelber Haut überzogenes knochendürres Geschöpf unbestimmbaren Geschlechts. Zwei Männer und eine Frau saßen wartend beim Windfang. Der Pater roch nichts, dachte jedoch, jenes Wesen müsse einen üblen Gestank verströmen.

«Wer ist das?» fragte er.

«Mein Sohn», antwortete die Frau und fügte wie entschuldigend hinzu: «Er hat seit zwei Jahren blutigen Dünnschiß.»

Der Kranke drehte, ohne den Kopf zu bewegen, die

Augen zur Tür. Den Pater durchfuhr entsetzliches Mitleid.
«Und was habt ihr mit ihm gemacht?» fragte er.
«Seit langer Zeit geben wir ihm grüne Bananen», sagte die Frau. «Aber er hat sie nicht gewollt, dabei ist es ein so gutes Stopfmittel.»
«Ihr müßt ihn zur Beichte bringen», sagte der Pater.
Aber er sprach ohne Überzeugung. Behutsam schloß er die Tür, kratzte mit dem Fingernagel am Fenstergitter und hielt das Gesicht dicht daran, um drinnen den Arzt sehen zu können. Doktor Giraldo zerstampfte etwas in einem Mörser.
«Was hat er?» fragte der Pater.
«Ich habe ihn noch nicht untersucht», erwiderte der Arzt und fügte nachdenklich hinzu: «Das sind Dinge, die einem nach Gottes Willen widerfahren, Pater.»
Pater Angel ging auf die Bemerkung nicht ein. «Keiner der Toten, die ich in meinem Leben gesehen habe, hat so tot ausgesehen wie dieser arme Junge», sagte er.
Er verabschiedete sich. Im Hafen lagen keine Boote. Es wurde dunkel. Pater Angel merkte, daß sein Gemütszustand sich beim Anblick des Kranken verändert hatte. Plötzlich kam ihm zu Bewußtsein, daß er zu der Verabredung zu spät kam, und er beschleunigte den Schritt zur Polizeiwache.
Der Bürgermeister, den Kopf zwischen den Händen, hing in einem Klappstuhl.
«Guten Abend», sagte der Pater gedehnt.
Der Bürgermeister hob den Kopf, und der Pater erschrak, als er die vor Verzweiflung geröteten Augen sah. Eine

Wange war gesund und frisch rasiert, aber die andere glich einem mit grauer Salbe verschmierten Gestrüpp. Er brach in dumpfes Klagen aus.

«Pater, ich erschieße mich.»

Der Pater verlor völlig die Fassung.

«Sie vergiften sich mit so viel Schmerzmitteln», sagte er.

Der Bürgermeister stampfte zur Wand, und beide Hände in den Haaren vergraben, schlug er mit dem Kopf gegen die Bretter. Der Pater war nie Zeuge von so viel Schmerz gewesen.

«Nehmen Sie noch zwei Tabletten», sagte er und empfahl somit bewußt ein Heilmittel gegen seine eigene Ratlosigkeit. «Von zwei mehr werden Sie nicht sterben.»

Er wußte genau, daß er sich angesichts menschlichen Schmerzes immer töricht verhielt. Seine Augen suchten in dem kahlen Raum die Schmerztabletten. An den Wänden stand ein halbes Dutzend Lederhocker, eine Vitrine war vollgestopft mit staubigen Papieren, und an einem Nagel hing eine Lithographie des Präsidenten der Republik. Die einzige Spur von Schmerzmitteln waren die auf dem Boden verstreuten leeren Zellophanhüllen.

«Wo sind sie?» fragte er verzweifelt.

«Sie wirken schon nicht mehr», sagte der Bürgermeister.

Der Pfarrer trat auf ihn zu und wiederholte: «Sagen Sie mir, wo sie sind.» Der Bürgermeister fuhr wie wild auf und Pater Angel sah wenige Zentimeter vor seinen Augen ein riesiges, ungeheuerliches Gesicht.

«Verdammt», schrie der Bürgermeister. «Ich habe gesagt, laßt mich mit dem Scheiß in Ruhe.»

Er hob einen Hocker hoch über den Kopf und schleuderte

ihn mit der ganzen Kraft seiner Verzweiflung in die Vitrine. Pater Angel begriff erst, was geschehen war, als der Bürgermeister nach dem jähen Glashagel wie ein seelenruhiges Gespenst aus dem Staubnebel auftauchte. In diesem Augenblick herrschte vollkommene Stille.

«Leutnant», murmelte der Pater.

In der Tür zum Gang standen die Polizisten mit angelegten Gewehren. Wie ein Kater atmend blickte der Bürgermeister sie an, ohne sie zu sehen, und sie senkten die Gewehre, blieben aber unbeweglich an der Tür stehen. Pater Angel führte den Bürgermeister am Arm zu dem Klappstuhl.

«Wo sind die Schmerztabletten?» beharrte er.

Der Bürgermeister schloß die Augen und ließ den Kopf nach hinten fallen. «Ich nehme nichts mehr von dem Dreck», sagte er. «Ich habe Ohrensausen, und meine Schädelknochen sind eingeschlafen.» In der kurzen Schmerzpause wandte er den Kopf zum Pater und fragte: «Haben Sie mit dem Zahnzieher gesprochen?»

Der Pater nickte schweigend. Dem auf die Antwort folgenden Gesichtsausdruck entnahm der Bürgermeister das Ergebnis der Unterredung.

«Warum sprechen Sie nicht mit Doktor Giraldo?» schlug der Pater vor. «Es gibt Ärzte, die Zähne ziehen.»

Der Bürgermeister zögerte mit der Antwort. «Er wird sagen, daß er keine Zange hat», sagte er und fügte hinzu: «Das ist eine Verschwörung.»

Er nutzte die Pause, um sich von dem erbarmungslosen Nachmittag zu erholen. Als er die Augen öffnete, lag das Zimmer im Halbdunkel. Ohne Pater Angel anzusehen, sagte er:

«Sie sind wegen César Montero gekommen.»

Er hörte keine Antwort. «Bei diesen Schmerzen konnte ich nichts machen», fuhr er fort. Er erhob sich, um das Licht einzuschalten, und vom Balkon drang die erste Woge Moskitos herein. Pater Angel erschrak plötzlich vor der späten Stunde.

«Die Zeit vergeht», sagte er.

«Auf jeden Fall muß er Mittwoch weg», sagte der Bürgermeister. «Morgen wird erledigt, was zu erledigen ist, und nachmittags nehmen Sie ihm die Beichte ab.»

«Um wieviel Uhr?»

«Um vier.»

«Auch wenn es regnet?»

Der Bürgermeister entlud mit einem einzigen Blick seine ganze in zwei leidensreichen Wochen angestaute Ungeduld.

«Auch wenn die Welt untergeht, Pater.»

Dem Schmerz war mit den Tabletten nicht mehr beizukommen. Der Bürgermeister hängte die Hängematte vom Zimmer auf den Balkon, um in der ersten Abendkühle einzuschlafen. Doch vor acht packte ihn von neuem die Verzweiflung, und er ging auf den unter einer dichten Hitzewelle schmachtenden Platz.

Nachdem er durch die Gegend gestrichen war, ohne die Eingebung zu finden, mit der er die Oberhand über seinen Schmerz hätte gewinnen können, ging er ins Kino. Das war ein Irrtum. Das Dröhnen der Kriegsflugzeuge steigerte nur die Heftigkeit seines Schmerzes. Er verließ den Raum vor der Pause und erreichte die Apotheke in dem Augenblick, als Don Lalo Moscote die Tür schloß.

«Geben Sie mir das Stärkste, was Sie gegen Zahnschmerzen haben.»

Der Apotheker betrachtete entsetzt seine Wange. Dann ging er durch zwei Reihen Schränke mit Glastüren, angefüllt mit blaubeschrifteten Porzellantöpfen. Als der Bürgermeister ihn von hinten sah, begriff er, daß dieser Mann mit dem rosigen Specknacken gerade eine Glückssekunde durchlebte. Er kannte ihn. Er bewohnte zwei Zimmer hinter der Apotheke, und seine Gattin, eine fette Frau, war seit vielen Jahren gelähmt.

Don Lalo Moscote kehrte mit einem etikettlosen Porzellantopf zum Ladentisch zurück; als er ihn öffnete, entströmte ihm süßer Kräuterdunst.

«Was ist das?»

Der Apotheker versenkte die Finger in die trockenen Samenkörner des Topfes.

«Kresse», sagte er. «Gut kauen, und den Saft allmählich runterschlucken: es gibt nichts Besseres gegen Reißen.» Er schüttete sich ein paar Samenkörner in die Hand und sah den Bürgermeister über seine Brille an: «Machen Sie den Mund auf.»

Der Bürgermeister wich ihm aus. Er drehte den Topf herum, um sich davon zu überzeugen, daß nichts darauf geschrieben stand, und heftete den Blick wieder auf den Apotheker.

«Geben Sie mir irgend etwas Ausländisches», sagte er.

«Das ist besser als irgend etwas Ausländisches», sagte Don Lalo Moscote. «Dafür bürgt eine dreitausend Jahre alte Volksweisheit.»

Er wickelte die Samenkörner in ein Stück Zeitungspapier. Er wirkte nicht wie ein Familienvater. Er wirkte wie ein Onkel mütterlicherseits, als er mit dem gleichen liebevollen Eifer, mit dem man Kindern einen Papierdrachen macht, die Kresse einpackte. Als er den Kopf hob, lächelte er.

«Warum lassen Sie ihn nicht ziehen?»

Der Bürgermeister antwortete nicht. Er zahlte mit einem Schein und verließ die Apotheke, ohne auf das Wechselgeld zu warten.

Nach Mitternacht wälzte er sich weiter in der Hängematte

und traute sich nicht, die Samen zu kauen. Gegen elf, als die Hitze ihren Höhepunkt erreicht hatte, war ein Sturzregen niedergegangen, der sich in einen feinen Nieselregen auflöste. Vom Fieber erschöpft, im klebrigen, eiskalten Schweiß zitternd, lag der Bürgermeister in seiner Hängematte ausgestreckt auf dem Bauch, öffnete den Mund und begann, im Geist zu beten. Während er inbrünstig betete, die Muskeln zum Zerreißen gespannt, merkte er, daß ihn, je mehr er darum rang, die Verbindung zu Gott herzustellen, der Schmerz um so heftiger in die entgegengesetzte Richtung trieb. Er zog sich daher die Stiefel und über den Pyjama seinen Mantel an und lief zur Polizeiwache.

Tobend stürzte er hinein.

In ein Mangrovendickicht aus Wirklichkeit und Alptraum verstrickt, stießen die Polizisten in dem engen Korridor gegeneinander und suchten in der Dunkelheit ihre Waffen. Als das Licht anging, erwarteten sie halb angezogen die Befehle.

«Gonzáles, Rovira, Peralta», schrie der Bürgermeister.

Die drei Aufgerufenen traten vor und umringten den Leutnant. Kein ersichtlicher Grund rechtfertigte die Auswahl: es waren drei gewöhnliche Mischlinge. Einer von ihnen, mit kindlichen Gesichtszügen und kurzgeschorenem Haar, war im Flanellunterhemd. Die beiden anderen hatten unter dem offenstehenden Waffenrock die gleichen Unterhemden an.

Sie erhielten keinen klaren Befehl. Vier Stufen auf einmal hinter dem Bürgermeister herunterspringend, verließen sie die Polizeiwache im Gänsemarsch, überquerten die

Straße, ohne auf den Sprühregen zu achten und blieben vor der Zahnarztpraxis stehen.
Mit zwei entschlossenen Gewehrkolbenstößen zersplitterten sie die Tür. Sie standen bereits im Hausinnern, als in der Diele die Lichter angingen. Ein kleiner, kahlköpfiger Mann mit hervortretenden Sehnen erschien in Unterhosen in der hinteren Tür, bemüht, den Bademantel überzuziehen. Im ersten Augenblick verharrte er wie gelähmt mit hocherhobenem Arm und offenem Mund, wie im Blitzlicht eines Photographen. Dann machte er einen Satz rückwärts und prallte gegen seine Frau, die im Nachthemd aus dem Schlafzimmer trat.
«Ruhe!» schrie der Leutnant.
Die Frau machte mit den Händen vor dem Mund «Au», und kehrte zurück ins Schlafzimmer. Der Zahnarzt wandte sich, die Kordel des Bademantels knotend, zur Diele und erkannte jetzt erst die drei mit den Gewehren auf ihn zielenden Polizisten und den wassertriefenden Bürgermeister, der die Hände ruhig in den Taschen des Regenmantels hielt.
«Wenn Ihre Frau das Zimmer verläßt, wird befehlsgemäß auf sie geschossen», sagte der Leutnant.
Der Zahnarzt ergriff den Türknauf und rief hinein: «Du hast verstanden, Kind», und schloß peinlich genau die Schlafzimmertür. Dann ging er, bewacht von den Räucheraugen der Gewehrläufe, zwischen verblichenen Korbmöbeln in den Behandlungsraum. An der Tür überholten ihn zwei Polizisten. Einer machte Licht, der andere ging geradewegs zum Arbeitstisch und holte aus der Schublade einen Revolver.

«Es muß noch ein zweiter da sein», sagte der Bürgermeister.
Er war als letzter hinter dem Zahnarzt eingetreten. Die beiden Polizisten nahmen eine schnelle, gründliche Durchsuchung vor, während der dritte die Tür bewachte. Sie schütteten den Instrumentenkasten auf dem Arbeitstisch aus, warfen wahllos Gipsabdrücke, halbfertige Zahnprothesen, einzelne Zähne und Goldkronen auf den Boden, leerten die Porzellantöpfe des Glasschranks und schlitzten mit schnellen Bajonettstichen die Wachstuchkopfstütze des Behandlungsstuhls sowie das Sprungfederkissen des Drehsessels auf.
«Es ist eine 38er Langlauf», erklärte der Bürgermeister.
Er musterte den Zahnarzt.
«Sagen Sie lieber gleich, wo er ist», riet er ihm. «Wir haben keine Lust, das Haus auf den Kopf zu stellen.» Die engen reglosen Augen des Zahnarztes hinter den goldumrandeten Brillengläsern verrieten nichts.
«Ich habe keine Eile», erwiderte er gelassen. «Wenn es Ihnen Spaß macht, können Sie es weiter auf den Kopf stellen.»
Der Bürgermeister überlegte. Nachdem er das Zimmerchen mit den ungehobelten Holzdielen nochmals durchsucht hatte, ging er, seinen Polizisten scharfe Befehle erteilend, zum Stuhl. Einer mußte an der Tür zur Straße Posten stehen, der zweite an der Sprechzimmertür und der dritte am Fenster. Als er sich in den Stuhl setzte und den Regenmantel endlich zuknöpfte, fühlte er sich wie von kaltem Metall umklammert. Er sog tief die kreosotgeschwängerte Luft ein, lehnte den Kopf an die Stütze und

bemühte sich, gleichmäßig zu atmen. Der Zahnarzt sammelte vom Boden einige Instrumente auf und legte sie zum Auskochen in eine Kasserolle.

Dem Bürgermeister den Rücken zugekehrt, betrachtete er die blaue Flamme des Spirituskochers mit dem gleichen Gesichtsausdruck, als wäre er allein im Zimmer. Als das Wasser kochte, umwickelte er den Griff der Kasserolle mit Papier und ging damit zum Stuhl. Der Polizist stand ihm im Weg. Der Zahnarzt senkte die Kasserolle, um über den Dampf hinweg den Bürgermeister sehen zu können, und sagte:

«Befehlen Sie diesem Mörder, sich dort hinzustellen, wo er nicht stört.»

Auf ein Zeichen des Bürgermeisters entfernte sich der Polizist vom Fenster, um den Weg zum Stuhl frei zu geben. Er zog einen Hocker zur Wand und setzte sich mit gespreizten Beinen, das Gewehr quer über den Schenkeln, ohne in seiner Wachsamkeit nachzulassen. Der Zahnarzt schaltete die Lampe ein. Geblendet von der plötzlichen Helligkeit, schloß der Bürgermeister die Augen und öffnete den Mund. Der Schmerz hatte aufgehört.

Der Zahnarzt lokalisierte den kranken Backenzahn, indem er die entzündete Wange mit dem Zeigefinger fortschob und mit der anderen Hand die bewegliche Lampe lenkte, völlig ungerührt von den angstvollen Atemstößen des Patienten. Dann krempelte er sich den Ärmel bis zum Ellbogen um und schickte sich an, den Zahn zu ziehen.

Der Bürgermeister packte ihn beim Handgelenk.

«Betäubung», sagte er.

Ihre Blicke begegneten sich zum ersten Mal.
«Ihr tötet ohne Betäubung», sagte der Zahnarzt sanft.
Der Bürgermeister merkte, daß die Hand, welche die Zange hielt, keinerlei Anstalten machte, sich zu befreien. «Holen Sie die Ampullen», sagte er. Der in der Ecke postierte Polizist richtete den Gewehrlauf auf sie, und beide hörten das Geräusch der Waffe, die in Anschlag gebracht wurde.
«Angenommen, es sind keine da», sagte der Zahnarzt.
Der Bürgermeister ließ das Handgelenk los. «Es müssen aber welche da sein», erwiderte er und betrachtete mit trostlosem Interesse die auf dem Boden verstreuten Gegenstände. Der Arzt beobachtete ihn mitleidig und aufmerksam. Dann drückte er ihn an die Kopfstütze und ließ zum ersten Mal Zeichen von Ungeduld erkennen, als er sagte: «Seien Sie kein Feigling, Leutnant; bei so einem Abszeß hilft keine Betäubung.»
Als der fürchterlichste Augenblick im Leben des Bürgermeisters vorüber war, entspannten sich seine Muskeln, und er blieb erschöpft im Stuhl sitzen, während die von der Feuchtigkeit auf die Pappe der Zimmerdecke gemalten dunklen Zeichen sich ihm ins Gedächtnis gruben bis zu seinem Tod. Er hörte den Zahnarzt am Waschbecken hantieren. Er hörte ihn die Tischkästen zuschieben und einige der Gegenstände vom Boden aufheben.
«Rovira!» rief der Bürgermeister. «Sage González, er soll reinkommen, und dann hebt ihr die Sachen vom Boden auf, bis alles an seinem Platz ist, wie ihr es vorgefunden habt.»
Die Polizisten taten es. Der Zahnarzt nahm mit der

Pinzette Watte, tauchte sie in eine eisenfarbene Flüssigkeit und legte sie in die Wunde. Der Bürgermeister spürte ein leichtes Brennen. Nachdem der Zahnarzt ihm den Mund geschlossen hatte, ließ er den Blick nicht von der Zimmerdecke, während die Polizisten geräuschvoll versuchten, aus dem Gedächtnis die peinliche Ordnung des Behandlungszimmers wieder herzustellen. Vom Turm schlug es zwei. Eine Rohrdommel wiederholte mit einer Minute Verspätung im Regengemurmel den Stundenschlag. Einen Augenblick später, als der Bürgermeister merkte, daß seine Polizisten fertig waren, wies er sie durch ein Zeichen an, zur Polizeiwache zurückzukehren.

Der Zahnarzt war die ganze Zeit neben dem Stuhl stehengeblieben. Als die Polizisten gingen, nahm er den Tampon aus dem Zahnfleisch. Dann untersuchte er mit Hilfe der Lampe die Mundhöhle, klappte dem Bürgermeister die Kiefern zusammen und löschte das Licht. Damit war alles getan. In dem stickigen Zimmerchen blieb jene sonderbar fade Luft zurück, die nur die Auskehrer eines Theaters kennen, wenn der letzte Schauspieler gegangen ist.

«Undankbarer», sagte der Bürgermeister.

Der Zahnarzt steckte die Hände in die Taschen des Bademantels und trat einen Schritt zurück, um ihn vorbeigehen zu lassen. «Es lag ein Hausdurchsuchungsbefehl vor», fuhr der Bürgermeister fort. «Wir hatten den ausdrücklichen Befehl, Waffen, Munition und Unterlagen mit allen Einzelheiten einer nationalen Verschwörung zu *finden.*» Er heftete seine immer noch feuchten Augen auf den Zahnarzt und fügte hinzu: «Ich dachte, ich täte gut daran, mich dem Befehl zu widersetzen, aber ich habe mich geirrt. Die Dinge ändern sich jetzt, die Opposition darf sich betätigen, und alle Welt lebt in Frieden, nur Sie denken immer weiter wie ein Verschwörer.» Der Zahnarzt wischte mit dem Ärmel das Sitzkissen trocken und drehte es auf die unversehrte Seite.

«Ihr Verhalten schadet dem Dorf», fuhr der Bürgermeister fort und zeigte auf das Kissen, ohne den nachdenklichen Blick zu beachten, den der Zahnarzt auf seine Wange richtete. «Jetzt darf die Gemeinde diesen ganzen Kram bezahlen und die Haustür obendrein. Ein Wahnsinnsgeld, und nur wegen Ihres Starrsinns.»

«Spülen Sie mit Bockshornklee», sagte der Zahnarzt.

Richter Arcadio schlug im Lexikon des Telegraphenamtes nach, weil in seinem einige Buchstaben fehlten. Er gewann keine Klarheit. Schmähschrift – *Pasquill: Name eines römischen Schusters, berühmt für seine Satiren auf alle Welt* und andere unwichtige Einzelheiten. Mit dem gleichen historischen Recht, dachte er, könnte man jede an eine Haustür geklebte anonyme Beleidigung auch *Marforio* nennen. Doch er war nicht enttäuscht. In den zwei Minuten, die er für das Nachschlagen verwendete, empfand er seit langer Zeit zum ersten Mal Befriedigung nach getaner Pflicht.

Der Telegraphist sah ihn das Lexikon in das Regal zurückstellen, zwischen die vergessenen Sammelbände von Anordnungen und Verfügungen über Post- und Telegraphenämter, und unterbrach die Durchgabe einer Nachricht mit einem energischen Hinweis. Dann trat er kartenmischend näher, um den neuesten Kunstgriff vorzuführen: das Erraten von drei Karten. Aber Richter Arcadio schenkte ihm keine Aufmerksamkeit. «Ich bin gerade sehr beschäftigt», entschuldigte er sich und trat auf die sengende Straße hinaus, von der verworrenen Gewißheit verfolgt, daß es kaum elf war und daß dieser Dienstag noch viele Stunden bereithielt, die es auszufüllen galt.

In seinem Büro erwartete ihn der Bürgermeister mit einem ethischen Problem. Anläßlich der letzten Wahlen hatte die Polizei die Wählerkarten der Oppositionspartei beschlagnahmt und vernichtet. Die Mehrzahl der Dorfbewohner besaß damit keinen Personalausweis mehr.
«Diese Leute, die gerade mit ihren Häusern umziehen», schloß der Bürgermeister mit ausgebreiteten Armen, «wissen nicht einmal, wie sie heißen.»
Richter Arcadio begriff, daß sich hinter den ausgebreiteten Armen aufrichtiger Kummer verbarg. Doch das Problem des Bürgermeisters war einfach: er brauchte nur die Ernennung eines Standesbeamten zu beantragen. Der Sekretär vereinfachte die Lösung noch: «Sie brauchen ihn nur kommen zu lassen», sagte er. «Er ist seit etwa einem Jahr ernannt.»
Der Bürgermeister erinnerte sich an ihn. Vor Monaten, als ihm die Ernennung des Standesbeamten mitgeteilt worden war, hatte er ein Ferngespräch geführt, um anzufragen, wie er ihn empfangen solle, und man hatte ihm geantwortet: «Mit Schüssen.» Jetzt kamen andere Befehle. Die Hände in den Taschen, wandte er sich an den Sekretär und sagte:
«Schreiben Sie den Brief.»
Das Maschinengeklapper verursachte in dem Büro eine dynamische Atmosphäre, die sich in Richter Arcadios Bewußtsein niederschlug. Er fühlte sich leer. Er holte aus seiner Hemdtasche eine zerfledderte Zigarette und rollte sie zwischen den Handflächen, bevor er sie anzündete. Dann lehnte er sich, soweit die Federung nachgab, im Sessel zurück, und in dieser Haltung überraschte ihn die

endgültige Gewißheit, daß er soeben eine Minute seines Lebens durchlebte.

Er legte sich den Satz zurecht, bevor er ihn aussprach.

«An Ihrer Stelle würde ich außerdem noch einen Vertreter des Ministeriums für Öffentliche Angelegenheiten ernennen.»

Wider Erwarten antwortete der Bürgermeister nicht gleich. Er schaute auf die Uhr, ohne zu sehen, wie spät es war. Er fand sich mit der Feststellung ab, daß bis zum Mittagessen noch viel Zeit war. Als er dann sprach, tat er es ohne Begeisterung: ihm war der Verfahrensweg, um den Vertreter des Ministeriums für Öffentliche Angelegenheiten zu berufen, unbekannt.

«Der Standesbeamte wurde vom Gemeinderat ernannt», erklärte Richter Arcadio. «Da wir aber jetzt keinen Gemeinderat haben, sind Sie in Anbetracht des Ausnahmezustands befugt, ihn zu ernennen.»

Der Bürgermeister hörte zu, während er den Brief unterschrieb, ohne ihn gelesen zu haben. Dann pflichtete er begeistert bei, doch der Sekretär hatte einen ethischen Einwand gegen den von seinem Vorgesetzten empfohlenen Weg. Richter Arcadio beharrte: es war eine durch den Notstand bedingte Notmaßnahme.

«Klingt gut», sagte der Bürgermeister.

Er nahm die Mütze ab, um sich Luft zuzufächeln und Richter Arcadio bemerkte auf seiner Stirn den Abdruck des Mützenrandes. An der Art, wie der Bürgermeister sich fächelte, erkannte er, daß dieser noch nicht zu Ende gedacht hatte. Er streifte die Zigarettenasche mit dem langen gebogenen Nagel seines kleinen Fingers ab und wartete.

«Fällt Ihnen ein Anwärter ein?» fragte der Bürgermeister. Es war offensichtlich, daß er sich an den Sekretär wandte.
«Ein Anwärter», wiederholte der Richter und schloß die Augen.
«Ich würde an Ihrer Stelle einen ehrlichen Mann ernennen», sagte der Sekretär.
Der Richter machte die Ungehörigkeit wieder gut. «Das ist doch selbstverständlich», sagte er und sah die beiden abwechselnd an.
«Zum Beispiel», sagte der Bürgermeister.
«Jetzt fällt mir keiner ein», sagte der Richter nachdenklich.
Der Bürgermeister wandte sich zur Tür. «Denken Sie darüber nach», sagte er. «Wenn wir die Sache mit dem Hochwasser überstanden haben, denken wir an die Sache mit dem Standesbeamten».
Der Sekretär blieb über die Maschine gebeugt, bis er die Schritte des Bürgermeisters nicht mehr hörte.
«Er ist verrückt», sagte er dann. «Vor anderthalb Jahren haben sie dem Standesbeamten mit Gewehrkolben den Kopf eingeschlagen, und jetzt sucht er einen Anwärter, dem er den Posten zum Geschenk machen kann.»
Richter Arcadio sprang auf.
«Ich gehe», sagte er. «Ich lasse mir das Mittagessen durch deine Terrorgeschichten nicht verderben.»
Er verließ die Kanzlei. In der Mittagsluft lag etwas Unheilvolles. Der Sekretär spürte es dank seiner Neigung zum Aberglauben. Als er das Vorlegeschloß anbrachte, war ihm, als täte er etwas Verbotenes. Er ergriff die Flucht. An der Tür zum Telegraphenamt holte er Richter Arcadio

ein, der gern herausbekommen hätte, ob sich das Kartenkunststück auf irgendeine Weise beim Pokerspiel verwenden ließe. Der Telegraphist weigerte sich, das Geheimnis preiszugeben. Er wiederholte den Trick ungezählte Male, um Richter Arcadio die Gelegenheit zu geben, den Schlüssel selber zu entdecken. Auch der Sekretär beobachtete das Manöver. Schließlich ging ihm ein Licht auf. Richter Arcadio hingegen sah sich die drei Karten nicht einmal an. Er wußte, daß es die gleichen waren, die er zufällig gezogen hatte und die der Telegraphist ihm wiedergab, ohne einen Blick darauf geworfen zu haben.
«Das ist Zauberkunst», sagte der Telegraphist.
Richter Arcadio fiel jetzt erst ein, daß er beabsichtigt hatte, die Straße zu überqueren. Als er sich schließlich zum Gehen anschickte, packte er den Sekretär am Arm und drängte ihn, mit ihm in die Atmosphäre aus geschmolzenem Glas einzutauchen. Auf dem schattigen Gehsteig tauchten sie wieder auf. Nun erklärte der Sekretär ihm den Trick. Er war so einfach, daß Richter Arcadio sich beleidigt fühlte.
Schweigend gingen sie eine Strecke.
«Natürlich haben Sie die Personalien nicht ermittelt», sagte plötzlich der Richter, grundlos ungehalten.
Der Sekretär brauchte eine Sekunde, um den Sinn des Satzes zu erfassen.
«Es ist sehr schwierig,» sagte er schließlich. «Die meisten Schmähschriften reißen sie noch vor dem Morgengrauen ab.»
«Das ist noch so ein Trick, den ich nicht verstehe», sagte Richter Arcadio. «Mir würde eine Schmähschrift, die keiner gelesen hat, den Schlaf nicht rauben.»

«So ist es», sagte der Sekretär und blieb stehen, denn er war an seinem Haus angekommen. «Was den Schlaf raubt, ist nicht die Schmähschrift, sondern die Angst vor der Schmähschrift.»

Obwohl sie unvollständig waren, wollte Richter Arcadio die vom Sekretär gesammelten Daten einsehen. Er notierte sich die Fälle mit Namen und Datum: elf in sieben Tagen. Es gab keinerlei Beziehung zwischen den elf Männern. Alle, die die Schmähschriften gesehen hatten, sagten übereinstimmend aus, sie seien mit blauer Tinte, in einem Gemisch aus kleinen und großen Druckbuchstaben wie von einem Kind hingepinselt gewesen. Die Rechtschreibung war so unsinnig, daß die Fehler beabsichtigt schienen. Sie verrieten kein Geheimnis: sie sagten nichts aus, was nicht seit langem allgemein bekannt gewesen wäre. Er hatte alle möglichen Vermutungen angestellt, als der Syrer Moises aus seinem Laden rief:

«Haben Sie einen Peso?»

Richter Arcadio verstand nicht. Trotzdem kehrte er seine Taschen um: fünfundzwanzig Centavos und eine nordamerikanische Münze, die er seit seiner Studentenzeit als Amulett benutzte. Der Syrer Moises kassierte die fünfundzwanzig Centavos ein.

«Nehmen Sie mit, was Sie wollen und zahlen Sie, wann Sie wollen», sagte er. Er ließ die Münzen in der leeren Schublade klingeln. «Ich will nicht, daß es zwölf schlägt, ohne den Segen Gottes.»

So betrat Richter Arcadio Schlag zwölf, mit Geschenken für seine Frau beladen, sein Haus. Er setzte sich auf das Bett, um die Schuhe zu wechseln, während sie ihren

Körper in ein Stück bedruckte Seide hüllte. Sie malte sich aus, wie ihr das neue Kleid nach der Niederkunft stehen würde. Sie gab ihrem Mann einen Kuß auf die Nase. Er wollte ihr ausweichen, aber sie warf sich quer über das Bett bäuchlings auf ihn. Unbeweglich blieben sie liegen. Richter Arcadio streichelte ihr den Rücken und fühlte die Wärme des gewölbten Bauchs, bis er das Zucken seiner Lenden wahrnahm.

Sie hob den Kopf. Und murmelte zwischen den Zähnen: «Warte, ich schließe die Tür.»

Der Bürgermeister blieb, bis das letzte Haus eingerichtet war. In zwanzig Stunden hatten sie eine neue Straße gebaut, die, breit und kahl, jäh an der Friedhofsmauer endete. Nachdem er den Eigentümern Schulter an Schulter beim Möbeltragen geholfen hatte, trat der Bürgermeister außer Atem in die erste beste Küche ein. Die Suppe kochte auf einer Kochstelle aus Steinen am Boden. Er hob den Deckel vom Tontopf und sog einen Augenblick lang den Dampf ein. Hinter der Herdstelle beobachtete ihn schweigend eine magere Frau mit großen sanften Augen.

«Hier wird Mittag gegessen», sagte der Bürgermeister.

Die Frau antwortete nicht. Unaufgefordert bediente sich der Bürgermeister mit einem Teller Suppe. Jetzt ging die Frau in die Kammer, holte einen Hocker und stellte ihn für den Bürgermeister an den Tisch. Während er die Suppe löffelte, betrachtete er mit einer Art ehrfürchtigem Schrecken den Innenhof. Gestern war dies noch kahles Gelände gewesen. Jetzt hing hier Wäsche zum Trocknen, und zwei Schweine wälzten sich im Schlamm.

«Ihr dürft sogar säen», sagte er.
Die Frau antwortete, ohne den Kopf zu heben: «Die Schweine fressen alles weg.»
Dann legte sie ein Stück gekochtes Fleisch, zwei Scheiben Yukka und eine halbe grüne Banane auf einen Teller und trug ihn zum Tisch. Ostentativ verlieh sie diesem Akt der Großmut alle Gleichgültigkeit, deren sie fähig war. Lächelnd suchte der Bürgermeister mit seinen Augen die der Frau.
«Es reicht für alle», sagte er.
«Gebe Gott, Sie bekommen Stuhlverstopfung«, sagte die Frau, ohne ihn anzusehen.
Er überhörte den bösen Wunsch. Ohne sich um den Schweiß zu kümmern, der ihm in Strömen am Hals hinunterlief, widmete er sich ganz seinem Mittagsmahl. Als er fertig war, räumte die Frau, noch immer ohne ihn anzublicken, den leeren Teller ab.
«Wie lange wollt ihr so weitermachen?» fragte der Bürgermeister.
Die Frau sprach, ohne ihren sanften Gesichtsausdruck zu ändern.
«Bis unsere Toten auferstehen, die man uns umgebracht hat.»
«Das ist jetzt anders», erklärte der Bürgermeister. «Die neue Regierung kümmert sich um das Wohlergehen der Bürger. Ihr hingegen...»
Die Frau unterbrach ihn.
«Es sind dieselben mit denselben...»
«Einen Dorfteil wie diesen in vierundzwanzig Stunden zu errichten, das hat es bisher nicht gegeben», beharrte der

Bürgermeister. «Wir bemühen uns, ein anständiges Dorf zu schaffen.»
Die Frau nahm die saubere Wäsche von der Drahtleine und trug sie in die Kammer. Der Bürgermeister folgte ihr mit dem Blick, bis er ihre Antwort hörte:
«Dies war ein anständiges Dorf, bevor ihr gekommen seid.»
Er wartete nicht auf den Kaffee. «Ihr Undankbaren», sagte er. «Man schenkt euch Land, und ihr beklagt euch noch.»
Die Frau antwortete nicht. Doch als der Bürgermeister durch die Küche ging, in Richtung Straße, murmelte sie, über die Herdstelle gebeugt:
«Hier wird es schlimmer sein. Um so mehr werden unsere Toten im Hinterhof uns an euch erinnern.»
Der Bürgermeister versuchte, einen Mittagsschlaf zu halten, bevor die Barkassen ankamen. Aber er ertrug die Hitze nicht. Die Schwellung der Wange ging langsam zurück. Dennoch fühlte er sich nicht wohl. Er lauschte der kaum wahrnehmbaren Strömung des Flusses zwei Stunden lang und hörte dabei das Zirpen einer Grille im Zimmer. Er dachte an nichts.
Als er die Motoren der Barkassen hörte, zog er sich aus, trocknete sich den Schweiß mit einem Handtuch ab und wechselte die Uniform. Dann suchte er die Grille, griff sie mit Daumen und Zeigefinger und ging auf die Straße. Aus der Menge, die auf die Barkassen wartete, trat ein sauberer, gutgekleideter Junge, der ihm mit einem Maschinengewehr aus Plastik den Weg versperrte. Der Bürgermeister schenkte ihm die Grille.
Einen Augenblick später saß er im Laden des Syrers

Moises und beobachtete das Anlegen der Barkassen. Zehn Minuten lang brodelte das Hafenwasser. Der Bürgermeister spürte einen Druck im Magen und Stiche im Kopf und erinnerte sich an den bösen Wunsch der Frau. Als er die Reisenden beobachtete, die den hölzernen Steg überquerten und nach acht Stunden der Bewegungslosigkeit die Glieder streckten, beruhigte er sich.
«Immer derselbe Mist», sagte er.
Der Syrer Moises machte ihn auf eine Neuigkeit aufmerksam: Ein Zirkus kam an. Der Bürgermeister wußte es auch, obgleich er nicht zu sagen vermochte hätte, warum. Vielleicht, weil auf dem Dach der Barkasse ein Berg Stangen und bunter Fetzen lag oder wegen der zwei in genau die gleichen Blumenkleider gezwängten Frauen, die sich glichen wie ein Ei dem anderen.
«Wenigstens kommt ein Zirkus», murmelte er.
Der Syrer Moises sprach von Raubtieren und Jongleuren. Doch der Bürgermeister dachte anders über den Zirkus. Mit ausgestreckten Beinen betrachtete er seine Stiefelspitzen.
«Das Dorf macht Fortschritte», sagt er.
Der Syrer Moises hörte auf, sich zu fächeln. «Weißt du, für wieviel ich heute verkauft habe?» fragte er. Der Bürgermeister wagte keine Schätzung, wartete aber auf die Antwort.
«Fünfundzwanzig Centavos», sagte der Syrer.
In diesem Augenblick sah der Bürgermeister den Telegraphisten den Postsack öffnen, um Doktor Giraldo seine Briefe auszuhändigen. Er rief ihn. Die behördliche Post kam in einem Sonderumschlag. Er erbrach die Siegel und

überzeugte sich, daß es die üblichen Mitteilungen und die gedruckten Propagandaschriften des Regimes waren. Als er aufhörte zu lesen, hatte sich der Hafendamm verwandelt: Warenbündel, Hühnerkörbe und die rätselhaften Gerätschaften des Zirkus. Es wurde langsam Nachmittag. Er erhob sich seufzend.

«Fünfundzwanzig Centavos.»

«Fünfundzwanzig Centavos», wiederholte der Syrer mit fester Stimme, fast atemlos.

Doktor Giraldo sah dem Löschen der Barkassen bis zum Schluß zu. Er war es, der die Aufmerksamkeit des Bürgermeisters auf eine stattliche Frau lenkte, eine priesterliche Erscheinung mit unzähligen Reifen an beiden Armen. Unter einem bunten Sonnenschirm schien sie den Messias zu erwarten. Der Bürgermeister dachte nicht lange über die Neuangekommene nach.

«Es muß die Dompteuse sein.»

«In gewisser Weise haben Sie recht», sagte der Doktor Giraldo und wetzte jedes Wort an seiner Doppelreihe Schleifsteine. «Sie ist die Schwiegermutter von César Montero.»

Der Bürgermeister ging weiter. Er sah auf die Uhr: fünf nach halb vier. Am Eingang zur Polizeiwache meldete ihm der Posten, Pater Angel habe eine halbe Stunde auf ihn gewartet und würde um vier wiederkommen.

Wieder auf der Straße, ohne zu wissen, was er tun sollte, sah er den Zahnarzt am Fenster des Sprechzimmers und trat näher, um ihn um Feuer zu bitten. Der Zahnarzt gab es ihm und besah sich dabei die immer noch geschwollene Wange.

«Es geht mir wieder gut», sagte der Bürgermeister.
Er öffnete den Mund. Der Zahnarzt bemerkte:
«Es sind mehrere Zähne zu plombieren.»
Der Bürgermeister rückte den Revolver im Gürtel zurecht.
«Ich werde vorbeikommen», entschied er. Der Zahnarzt verzog keine Miene.
«Kommen Sie, wann Sie wollen, und sehen Sie, ob mein Wunsch sich erfüllt: daß Sie in meinem Haus sterben.»
Der Bürgermeister klopfte ihm auf die Schulter. «Der geht nicht in Erfüllung», sagte er gutgelaunt. Und schloß mit ausgebreiteten Armen:
«Meine Zähne stehen über den Parteien.»

«Du heiratest also nicht?»
Richter Arcadios Frau spreizte die Beine. «Keine Hoffnung, Pater», antwortete sie. «Und jetzt, wo ich ihm einen Sohn gebären werde, um so weniger.» Pater Angel wandte den Blick zum Fluß. Eine ertrunkene, riesige Kuh, auf der Aasgeier hockten, trieb flußabwärts.
«Aber es wird ein unehelicher Sohn sein», sagte er.
«Das ist ihm gleich», sagte sie. «Jetzt behandelt mich Arcadio gut. Wenn ich ihn zum Heiraten zwinge, fühlt er sich später angekettet und zahlt es mir heim.»
Sie war aus den Holzschuhen geschlüpft und während sie sprach, hielt sie die Knie gespreizt und die Zehen um das Querholz des Hockers geklammert. Der Fächer lag in ihrem Schoß, und sie hatte die Arme über ihrem dicken Bauch verschränkt. «Keine Hoffnung, Pater», wiederhol-

te sie, denn Pater Angel schwieg beharrlich. «Don Sabas hat mich für zweihundert Pesos gekauft, hat drei Monate lang den Saft aus mir gepreßt und mich dann auf die Straße gesetzt, ohne eine Stecknadel. Hätte Arcadio mich nicht aufgelesen, ich wäre verhungert.» Sie sah den Pater zum ersten Mal an:

«Oder ich hätte Hure werden müssen.»

Pater Angel drängte schon seit sechs Monaten.

«Du mußt ihn zum Heiraten zwingen und zur Gründung einer Familie», sagte er. «So, wie ihr jetzt lebt, bist du nicht nur in einer unsicheren Lage, sondern seid ihr auch ein schlechtes Beispiel für das Dorf.»

«Es ist besser, alles offen zu tun», sagte sie. «Andere tun das gleiche, aber im Dunkeln. Haben Sie nicht die Schmähschriften gelesen?»

«Lauter Verleumdungen», sagte der Pater. «Du mußt deine Lage klären und dich vor übler Nachrede schützen.»

«Ich?» sagte sie. «Ich brauche mich vor nichts zu schützen, weil ich alles bei hellichtem Tag tue. Der Beweis dafür ist, daß niemand seine Zeit verschwendet, bei mir eine Schmähschrift anzubringen, dafür haben sie bei den Ehrenwerten am Platz alles mit Papier beklebt.»

«Du warst dumm», sagte der Pater, «denn Gott bescherte dir das Glück, einen Mann zu bekommen, der dich schätzt. Deshalb mußt du heiraten und deinen Familienstand gesetzlich regeln.»

«Ich verstehe nichts von diesen Dingen», sagte sie. «Jedenfalls habe ich, so wie ich bin, mein Bett und auch genug zu essen.»

«Und wenn er dich verläßt?»

Sie biß sich auf die Lippen. Sie antwortete mit geheimnisvollem Lächeln:
«Er verläßt mich nicht, Pater. Ich weiß, warum ich das sage.»
Auch diesmal gab Pater Angel sich nicht geschlagen. Er riet ihr, wenigstens zur Messe zu gehen. Sie antwortete, sie würde es ‹an einem dieser Tage› tun, und der Pater setzte seinen Spaziergang fort, die Stunde herbeisehnend, zu der er mit dem Bürgermeister verabredet war. Einer der Syrer machte ihn auf das gute Wetter aufmerksam, aber er beachtete ihn nicht. Ihn interessierten alle Einzelheiten des Zirkus, der an dem strahlenden Nachmittag seine rastlosen Raubtiere auslud. Dort blieb er bis vier.
Der Bürgermeister verabschiedete sich vom Zahnarzt, als er Pater Angel kommen sah. «Wir sind pünktlich», sagte er und streckte die Hand aus. «Pünktlich, obgleich es nicht regnet.» Beherzt die steile Treppe der Polizeiwache erklimmend, erwiderte der Pater:
«Noch geht die Welt nicht unter.»
Zwei Minuten später wurde er in César Monteros Zimmer geführt.
Während der Beichte blieb der Bürgermeister im Korridor sitzen. Er erinnerte sich an den Zirkus, an eine Frau, die in fünf Meter Höhe mit den Zähnen an einem Zapfen hing, sowie an einen Mann in goldbestickter blauer Uniform, der einen Trommelwirbel schlug. Eine halbe Stunde später verließ Pater Angel das Zimmer von César Montero.
«Fertig?» fragte der Bürgermeister.
Der Pater sah ihn empört an.
«Ihr begeht ein Verbrechen», sagte er. «Dieser Mann hat

seit mehr als fünf Tagen nicht gegessen. Er ist nur dank seiner guten Konstitution noch am Leben.»
«Ganz nach seinem Geschmack», sagte der Bürgermeister ruhig.
«Das ist nicht wahr», sagte der Pater, seiner Stimme Nachdruck verleihend. «Sie haben angeordnet, ihm nichts zu essen zu geben.»
Der Bürgermeister deutete mit dem Zeigefinger auf ihn. «Vorsicht, Pater. Sie verletzen das Beichtgeheimnis.»
«Das hat nichts mit der Beichte zu tun», sagte der Pater.
Der Bürgermeister sprang auf. «Nehmen Sie es nicht so ernst», sagte er und lachte plötzlich. «Wenn Sie sich derart um ihn sorgen, werden wir gleich Abhilfe schaffen.» Er ließ einen Polizisten kommen und befahl, aus dem Hotel Essen für César Montero zu holen. «Sie sollen ein ganzes Huhn schicken, schön fett, mit einem Teller Kartoffeln und einer Schüssel voll Salat», sagte er und fügte, an den Pater gewandt, hinzu:
«Alles auf Kosten der Gemeinde, Pater. Damit Sie sehen, wie die Dinge sich geändert haben.»
Der Pater senkte den Kopf.
«Wann wird er fortgebracht?»
«Die Barkassen laufen morgen aus», sagte der Bürgermeister. «Wenn er heute abend Vernunft annimmt, geht er gleich morgen ab. Er braucht nur einzusehen, daß ich ihm eine Gefälligkeit erweisen will.»
«Eine recht teure Gefälligkeit», sagte der Pater.
«Es gibt keine kostenlose Gefälligkeit für den, der Geld hat», sagte der Bürgermeister. Er richtete seine Augen auf Pater Angels durchsichtige blaue Augen und fügte hinzu:

«Ich hoffe, Sie haben ihm das alles begreiflich gemacht.»
Pater Angel antwortete nicht. Er ging die Treppe hinunter und verabschiedete sich vom Treppenabsatz aus mit lautloser Wut. Dann überquerte der Bürgermeister den Korridor und trat ohne anzuklopfen in das Zimmer von César Montero.
Es war ein einfacher Raum: Ein Waschgestell und ein Eisenbett. César Montero, unrasiert und in derselben Kleidung, in der er am Dienstag der vergangenen Woche sein Haus verlassen hatte, lag ausgestreckt auf dem Bett. Er bewegte nicht einmal die Augen, als er den Bürgermeister sagen hörte: «Nachdem du deine Rechnung mit Gott gemacht hast, ist es nicht mehr als billig, daß du sie auch mit mir machst.» Er rückte einen Stuhl an das Bett, setzte sich rittlings darauf und drückte die Brust an die Lehne aus Korbgeflecht. César Monteros Wachsamkeit konzentrierte sich auf die Dachbalken. Er wirkte sorglos, obwohl seine Mundwinkel verwüstet waren von einem langen Selbstgespräch. «Du und ich, wir brauchen uns nichts vorzumachen», hörte er den Bürgermeister sagen. «Morgen gehst du ab. Wenn du Glück hast, kommt in zwei oder drei Monaten ein Untersuchungsbeamter. Wir haben die Aufgabe, ihn aufzuklären. Er wird mit der nächsten Wochenbarkasse zurückreisen, überzeugt, daß du nur eine Dummheit gemacht hast.»
Er machte eine Pause, aber César Montero blieb unerschütterlich.
«Hinterher knöpfen die Gerichte und die Anwälte dir mindestens zwanzigtausend Pesos ab. Oder mehr, falls der Untersuchungsbeamte ihnen flüstert, daß du Millionär bist.»

César Montero wandte ihm den Kopf zu. Es war eine kaum merkliche Bewegung, die dennoch die Sprungfedern des Bettes zum Ächzen brachte.
«Insgesamt», fuhr der Bürgermeister mit der Stimme eines geistlichen Beistands fort, «mit allen Drehs und dem Papierkram, werden sie dir zwei Jahre aufbrummen, wenn alles gutgeht.»
Er fühlte sich von den Stiefelspitzen aufwärts gemustert. Als César Monteros Blick seine Augen erreichte, hatte er noch nicht aufgehört zu sprechen. Aber sein Ton war ein anderer.
«Alles, was du besitzt, verdankst du mir», sagte er. «Es lag Befehl vor, mit dir Schluß zu machen. Es lag Befehl vor, dich in einem Hinterhalt umzulegen und dein Vieh zu beschlagnahmen, damit die Regierung für die gewaltigen Wahlkosten im ganzen Bezirk aufkommen könnte. Du weißt, daß andere Bürgermeister in anderen Gemeinden es so gemacht haben. Hier hingegen widersetzten wir uns dem Befehl.»
In diesem Augenblick merkte er, daß César Montero zum ersten Mal nachdachte. Er spreizte die Beine. Die Arme auf die Rückenlehne des Stuhl gestützt, antwortete er auf eine Anschuldigung, die sein Gesprächspartner nicht laut geäußert hatte:
«Kein Centavo von dem, was du für dein Leben bezahlt hast, war für mich», sagte er. «Alles ist für die Organisation der Wahlen ausgegeben worden. Jetzt hat die neue Regierung beschlossen, daß Frieden und Sicherheit gewährleistet sein sollen, und ich muß mich mit meinem Gehalt krummlegen, während du vor Geld stinkst. Du hast ein gutes Geschäft gemacht.»

César Montero begann, sich mühsam aufzurichten. Als er stand, sah der Bürgermeister, daß er neben dieser Bestie selbst winzig und jämmerlich war. Inbrunst lag in dem Blick, mit dem er ihm zum Fenster folgte.
«Das beste Geschäft deines Lebens», murmelte er.
Das Fenster ging auf den Fluß. César Montero erkannte ihn nicht. Er wähnte sich in einem anderen Dorf, angesichts eines aufzuckenden Flußes. «Ich versuche, dir zu helfen», hörte er hinter sich sagen. «Wir wissen alle, daß es eine Ehrensache war, aber es wird dich Mühe kosten, das zu beweisen. Es war dumm von dir, die Schmähschrift zu zerreißen.» In diesem Augenblick drang Pestgestank in den Raum.
«Die Kuh muß irgendwo gestrandet sein», sagte der Bürgermeister.
Gleichgültig gegen die Schwaden der Verwesung blieb César Montero am Fenster stehen. Die Straße war leer. An der Mole lagen drei Barkassen vor Anker, deren Besatzung ihre Hängematten für die Nacht festhakten. Am nächsten Tag um sieben Uhr früh würde das Bild ein anderes sein: eine halbe Stunde lang würde der Hafen, in Erwartung, daß der Gefangene eingeschifft würde, in Aufruhr sein. César Montero seufzte. Er steckte die Hände in die Taschen und entschlossen, doch ohne Hast faßte er seine Gedanken in einem Wort zusammen:
«Wieviel?»
Die Antwort kam sofort:
«Fünftausend Pesos in einjährigen Kälbern.»
«Und fünf Kälber extra», sagte César Montero, «wenn du mich noch heute Nacht nach dem Kino in einer Sonderbarkasse wegschaffst.»

Die Barkasse pfiff, wendete in der Flußmitte, und die an der Kaimauer versammelte Menschenmenge und die Frauen an den Fenstern sahen zum letzten Mal Rosario Montero neben ihrer Mutter auf demselben Blechkoffer sitzen, mit dem sie sieben Jahre vorher im Dorf an Land gegangen war. Octavio Giraldo, der sich am Fenster des Sprechzimmers rasierte, hatte den Eindruck, daß diese Reise gewissermaßen eine Rückkehr in die Wirklichkeit war.

Doktor Giraldo hatte Rosario am Nachmittag ihrer Ankunft in ihrer schmutzigen Uniform vom Lehrerinnenseminar und mit Männerschuhen gesehen, als sie sich im Hafen erkundigte, wer ihr am billigsten den Koffer zur Schule tragen würde. Sie schien bereit, bedürfnislos in diesem Dorf zu altern, dessen Namen sie ihrer Erzählung nach zum ersten Mal auf einem Zettel gelesen hatte, den sie bei der Verlosung von sechs freien Stellen unter elf Bewerbern aus einem Hut gezogen hatte. Sie richtete sich damals in einem Zimmerchen der Schule ein mit einem Eisenbett und einem Waschgestell und stickte in ihrer freien Zeit Bettdecken, während der Maisbrei auf der Spiritusflamme kochte. Im gleichen Jahr zu Weihnachten lernte sie auf einem Schulfest César Montero kennen. Er war ein beim Holzhandel reichgewordener verwilderter Junggeselle obskurer Herkunft, der im Urwald zwischen wilden Hunden lebte und, immer unrasiert, mit eisenbeschlagenen Stiefeln und einer Doppellaufflinte nur selten im Dorf erschien. Es war, als hätte sie aus dem Hut einen weiteren Treffer gezogen, dachte Doktor Giraldo mit eingeseiftem Bart, als ihn ein Pesthauch aus seinen Erinnerungen riß.

Durch den Wellenschlag der Barkasse aufgeschreckt, stob am gegenüberliegenden Ufer ein Schwarm Aasgeier auf. Der Verwesungsgestank blieb einen Moment über der Mole hängen, wiegte sich in der Morgenbrise und drang bis in die Tiefe der Häuser.

«Immer noch, Scheiße!» schrie der Bürgermeister auf seinem Schlafzimmerbalkon, als er die auseinanderflatternden Aasgeier sah. «Hurenkuh.»

Er hielt sich die Nase mit einem Taschentuch zu, ging ins Schlafzimmer und schloß die Balkontür. Doch der Gestank hing auch innen. Ohne die Mütze abzunehmen, hängte er den Spiegel an einen Nagel und unternahm den behutsamen Versuch, die noch immer leicht entzündete Wange zu rasieren. Gleich darauf klopfte der Zirkusdirektor an die Tür.

Der Bürgermeister hieß ihn Platz nehmen und beobachtete ihn beim Rasieren im Spiegel. Er trug ein schwarzkariertes Hemd, Reithosen mit Gamaschen und schlug sich mit einer Reitpeitsche regelmäßig und locker ans Knie.

«Die erste Beschwerde gegen euch ist schon eingegangen», sagte der Bürgermeister, mit dem Rasiermesser die letzten

Spuren zweier qualvoller Wochen abschabend. «Gleich heute abend.»
«Und das wäre?»
«Daß ihr die Jungen zum Katzenstehlen verleitet.»
«Das stimmt nicht», sagte der Direktor. «Wir bezahlen jede Katze, die sie uns anbringen, nach Gewicht und fragen nicht, woher sie stammt, wenn wir sie den Raubtieren verfüttern.»
«Werft ihr sie ihnen lebendig vor?»
«Oh nein», protestierte der Direktor. «Das würde in den Raubtieren den Trieb zur Grausamkeit wecken.»
Als der Bürgermeister sich das Gesicht gewaschen hatte, wandte er sich ihm zu und trocknete sich dabei mit dem Handtuch ab. Bisher war ihm nicht aufgefallen, daß der Direktor an fast allen Fingern Ringe mit bunten Steinen trug.
«Sie werden irgend etwas anderes erfinden müssen», sagte er. «Fangen Sie Kaimane, wenn Sie wollen, oder nutzen Sie die Fische, die bei diesem Wetter umkommen. Aber lebendige Katzen, auf keinen Fall.»
Der Direktor hob die Schultern und folgte dem Bürgermeister auf die Straße. Männergruppen unterhielten sich im Hafen trotz des Gestanks der Kuh, die im Gestrüpp am anderen Ufer hängengeblieben war.
«Schwule Typen», rief der Bürgermeister. «Statt hier wie die Weiber rumzuquatschen, hättet ihr schon gestern einen Trupp organisieren sollen, um die Kuh flottzumachen.»
Ein paar Männer umringten ihn.
«Fünfzig Pesos dem, der mir in der nächsten Stunde die

Hörner dieser Kuh ins Büro bringt», bot der Bürgermeister.
Am Ende der Mole brach ein Stimmenschwall los. Einige der Männer hatten das Angebot des Bürgermeisters gehört, sprangen in die Kanus und forderten einander heraus, während sie die Taue losmachten. «Hundert Pesos», verdoppelte der Bürgermeister begeistert. «Fünfzig für jedes Horn.» Er führte den Direktor ans Ende der Mole. Sie warteten, bis die ersten Boote die Sandbänke des anderen Ufers erreicht hatten. Dann wandte sich der Bürgermeister lächelnd an den Direktor.
«Dies ist ein glückliches Dorf», sagte er.
Der Direktor nickte beipflichtend. «Das einzige, was uns fehlt, sind Sachen wie diese», fuhr der Bürgermeister fort. «Mangels Pflichten denken sich die Leute zu viel dummes Zeug aus.» Nach und nach hatte sich eine Schar Kinder um sie versammelt.
«Dort ist der Zirkus», sagte der Direktor.
Der Bürgermeister zerrte ihn am Arm zum Platz.
«Und was macht ihr?» fragte er.
«Alles», sagte der Direktor. «Wir haben ein vollständiges Programm für Kinder und Erwachsene.»
«Das genügt nicht», erwiderte der Bürgermeister. «Es muß auch für alle erschwinglich sein.»
«Auch dem tragen wir Rechnung.»
Sie gingen zusammen zu einem brachliegenden Grundstück hinter dem Kino, wo bereits das Zirkuszelt aufgebaut wurde. Wortkarge Männer und Frauen förderten grellbunte Dekorationen aus riesigen Truhen mit phantasievollen Messingbeschlägen zutage. Während der Bür-

germeister dem Direktor durch das Gewirr menschlicher Wesen und Klamotten folgte und allen die Hand reichte, kam er sich wie bei einem Schiffbruch vor. Eine robuste Frau mit entschlossenen Gebärden und fast ausnahmslos goldverkronten Zähnen betrachtete nach der Begrüßung seine Hand.
«Da ist etwas Merkwürdiges in deiner Zukunft», sagte sie.
Der Bürgermeister entzog ihr die Hand, ohne ein flüchtiges Gefühl von Niedergeschlagenheit unterdrücken zu können. Der Direktor klopfte mit seiner Reitpeitsche der Frau leicht auf den Arm. «Laß den Leutnant in Ruhe», sagte er weitergehend und schob den Bürgermeister zum anderen Ende des Grundstücks, wo die Raubtiere waren.
«Glauben Sie an sowas?» fragte er.
«Kommt drauf an», sagte der Bürgermeister.
«Mich davon zu überzeugen, hat keiner fertiggebracht», sagte der Direktor. «Wenn man sich mit sowas abgibt, glaubt man am Ende nur noch an den menschlichen Willen.»
Der Bürgermeister betrachtete die von der Hitze schläfrigen Tiere. Aus den Käfigen strömte scharfer, warmer Dunst, und das langsame Atmen der Raubtiere verriet eine Art hoffnungsloser Angst. Der Direktor streichelte mit der Reitpeitsche die Nase eines Leoparden, der sich halb verzärtelt, halb verdrießlich krümmte.
«Wie heißt er?» fragte der Bürgermeister.
«Aristoteles.»
«Ich meine die Frau», erläuterte der Bürgermeister.
«Ach so», machte der Direktor. «Wir nennen sie Casandra, Spiegel der Zukunft.»

Der Bürgermeister machte ein untröstliches Gesicht.
«Ich hätte Lust, mit ihr zu schlafen», sagte er.
«Nichts ist unmöglich», sagte der Direktor.

Die Witwe Montiel öffnete in ihrem Schlafzimmer die Gardinen und murmelte: «Die armen Menschen.» Sie räumte den Nachttisch auf, legte den Rosenkranz und das Gebetbuch in die Schublade, säuberte die Sohlen ihrer malvenfarbenen Pantoffeln auf dem Tigerfell vor ihrem Bett. Dann machte sie einen Rundgang durchs Zimmer, um die Frisierkommode, drei Vitrinentüren und einen viereckigen Schrank abzuschließen, auf dem ein Heiliger Raphael in Gips stand. Zuletzt schloß sie die Zimmertür ab.
Während sie durch das breite, in Mäandermustern gekachelte Treppenhaus hinunterstieg, dachte sie an Rosario Monteros sonderbares Schicksal. Die Witwe Montiel hatte sie durchs Balkongitter beobachtet, als sie mit der artigen Bescheidenheit einer Schülerin, der man beigebracht hat, nicht den Kopf zu wenden, im Hafen um die Ecke verschwand, und geahnt, daß etwas, was sich seit langer Zeit erschöpft hatte, nun zu Ende war.
Auf dem Treppenabsatz strömten ihr vom Innenhof die Dünste eines ländlichen Marktes entgegen. Jenseits des Geländers lagen auf einem Holzgestell in frische Blätter gewickelte Käse; etwas weiter waren Salzsäcke verstaut und Honigschläuche, und im hinteren Hofteil, wo das Sattelzeug von den Querbalken hing, befand sich der Stall für die Maultiere und Pferde. Das ganze Haus war

durchtränkt vom aufdringlichen Geruch nach Lasttieren, vermengt mit Zuckermühlen- und Gerbereigerüchen.
Im Büro begrüßte die Witwe Señor Carmichael, der auf dem Schreibtisch Geldscheine sortierte und mit den Eintragungen im Kontobuch verglich. Als sie das Fenster zum Fluß öffnete, fiel das Neunuhrlicht in den von billigem Zierrat überladenen Raum, mit seinen dicken Sesseln unter grauen Schutzhüllen und der Vergrößerung einer trauerumflorten, gerahmten Photographie von José Montiel. Die Witwe bemerkte den Verwesungsgestank, bevor sie die Boote am gegenüberliegen Uferstrand sah.
«Was ist am anderen Ufer los?» fragte sie.
«Sie versuchen, eine tote Kuh flottzumachen», antwortete Señor Carmichael.
«Das war es also», sagte die Witwe. «Ich habe die ganze Nacht von diesem Gestank geträumt.» Sie blickte den in seine Arbeit vertieften Señor Carmichael an und fügte hinzu: «Jetzt fehlt uns nur noch die Sintflut.»
Señor Carmichael sprach, ohne den Kopf zu heben.
«Vor zwei Wochen hat es angefangen.»
«So ist es», pflichtete ihm die Witwe bei. «Jetzt sind wir am Ende. Wir brauchen uns nur bei Tag und Nacht in ein Grab zu legen und zu warten, bis der Tod kommt.»
Señor Carmichael hörte ihr zu, ohne das Rechnen zu unterbrechen. «Jahrelang haben wir uns beschwert, daß in diesem Dorf nichts geschieht», fuhr die Witwe fort. «Plötzlich fing die Tragödie an, als hätte Gott gewollt, daß alles, was in Jahren nicht geschehen ist, nun auf einmal geschieht.»
Señor Carmichael blickte von seiner Kasse auf und sah,

wie die Witwe, die Ellbogen aufs Fensterbrett gestützt, zum anderen Ufer starrte. Sie trug ein schwarzes Kleid mit Ärmeln bis zu den Handgelenken und kaute an den Fingernägeln.
«Wenn der Regen aufhört, wird alles besser», sagte Señor Carmichael.
«Er wird nicht aufhören», prophezeite die Witwe. «Ein Unglück kommt nie allein. Haben Sie Rosario Montero nicht gesehen?»
Señor Carmichael hatte sie gesehen. «Dies alles ist ein völlig grundloser Skandal», sagte er. «Wenn man den Schmähschriften Gehör schenkt, wird man am Ende verrückt.»
«Die Schmähschriften», seufzte die Witwe.
«Mir haben sie meine schon angehängt», sagte Señor Carmichael.
Erstaunt trat sie zum Schreibtisch.
«Ihnen?»
«Mir», bestätigte Señor Carmichael. «Mir haben sie schön groß und ausführlich am letzten Sonnabend eine hingehängt. Sie sah wie ein Kinoplakat aus.»
Die Witwe schob einen Stuhl an den Schreibtisch. «Das ist eine Gemeinheit», schrie sie. «Man kann einer vorbildlichen Familie wie der Ihren nichts nachsagen.» Señor Carmichael blieb ungerührt.
«Da meine Frau weiß ist, sind unsere Kinder in allen Farben ausgefallen», erklärte er. «Bedenken Sie: es sind elf.»
«Natürlich», sagte die Witwe.
«Auf der Schmähschrift stand, daß ich nur der Vater der

schwarzen Kinder bin. Und auf einer Liste waren die Väter der anderen Kinder vermerkt. Sogar Don Chepe Montiel – er ruhe in Frieden – haben sie mit hineingezogen.»

«Meinen Mann!»

«Ihren Mann und die Männer von vier weiteren Damen», sagte Señor Carmichael.

Die Witwe brach in Schluchzen aus. «Glücklicherweise sind meine Töchter weit weg», sagte sie. «Sie schreiben, sie möchten nicht in dieses wilde Land zurückkehren, wo Studenten in den Straßen gemordet werden, und ich antwortete ihnen, daß sie recht haben, daß sie für immer in Paris bleiben sollen.» Señor Carmichael drehte seinen Stuhl zu ihr und begriff, daß die peinliche Alltagsszene wieder begonnen hatte.

«Sie brauchen sich keine Sorgen zu machen», sagte er.

«Im Gegenteil», schluchzte die Witwe. «Ich hätte als erste meinen Krempel packen und aus diesem Dorf verschwinden sollen, selbst wenn ich die Ländereien und die täglichen Geschäfte eingebüßt hätte, die so viel mit dem Unglück zu tun haben. Nein, Señor Carmichael: ich möchte keine goldenen Nachttöpfe, um Blut hineinzuspucken.»

Señor Carmichael versuchte, sie zu trösten.

«Sie müssen sich Ihren Verantwortungen stellen», sagte er. «Man kann ein Vermögen nicht aus dem Fenster werfen.»

«Geld ist die Kacke des Teufels», sagte die Witwe.

«Aber in diesem Fall ist es auch das Ergebnis von Don Chepe Montiels harter Arbeit.»

Die Witwe kaute an ihren Fingernägeln.

«Sie wissen, daß das nicht wahr ist», antwortete sie. «Es ist unehrlich erworbenes Geld, und der erste, der mit dem Tod ohne Beichte dafür bezahlt hat, war José Montiel.»
Es war nicht das erste Mal, daß sie das aussprach.
«Natürlich ist dieser Verbrecher daran schuld», schrie sie und deutete auf den Bürgermeister, der mit dem Zirkusdirektor Arm in Arm auf dem gegenüberliegenden Gehsteig vorüberging. «Aber ich muß dafür büßen.»
Señor Carmichael entfernte sich. Er legte die mit Gummiringen zusammengehaltenen Geldbündel in eine Pappschachtel und rief von der Hoftür aus die Taglöhner in alphabetischer Reihenfolge auf.
Während die Männer ihren Mittwochlohn empfingen, hörte die Witwe Montiel, ohne ihre Grüße zu erwidern, wie sie vorübergingen. Sie lebte allein in dem düsteren Neunzimmerhaus, in dem die Große Mama gestorben war und das José Montiel gekauft hatte, ohne zu ahnen, daß seine Witwe gezwungen sein würde, darin ihre Einsamkeit zu ertragen bis zum Tod. Wenn sie mit der Insektenspritze nachts durch die leeren Gemächer wanderte, begegnete sie der Großen Mama, die in den Fluren Läuse knackte, und frage sie: «Wann werde ich sterben?» Doch dieser glückliche Umgang mit dem Jenseits steigerte nur ihre Ungewißheit, denn die Antworten waren, wie die aller Toten, töricht und widersprüchlich.
Kurz nach elf sah die Witwe durch ihre Tränen Pater Angel den Platz überqueren. «Pater, Pater», rief sie und fühlte, daß sie mit diesem Ruf einen entscheidenden Schritt tat. Aber Pater Angel hörte sie nicht. Er hatte gegenüber bei der Witwe Asís geklopft, und die Tür hatte

sich einen Spaltbreit verstohlen geöffnet, um ihn einzulassen. In dem von Vogelgesang berstenden Gang lag in einem Liegestuhl die Witwe, ihr Gesicht bedeckte ein mit Floridawasser getränktes Taschentuch. Seine Art, an der Tür zu klopfen, hatte ihr verraten, daß es Pater Angel war, doch sie zögerte die kurze Erfrischungspause noch hinaus, bis sie seinen Gruß vernahm. Dann enthüllte sie ihr von der Schlaflosigkeit gezeichnetes Gesicht.

«Verzeihen Sie, Pater», sagte sie, «ich habe Sie so früh nicht erwartet.»

Pater Angel wußte nicht, daß er zum Mittagessen eingeladen war. Er entschuldigte sich leicht verwirrt und sagte, auch er habe den Morgen mit Kopfschmerzen zugebracht und daher den Platz vor Einbruch der Hitze überqueren wollen.

«Das macht nichts», sagte die Witwe. «Ich wollte damit nur ausdrücken, daß Sie mich in entsetzlicher Verfassung vorfinden.»

Der Pater zog ein zerfleddertes Brevier aus der Tasche.

«Wenn Sie möchten, ruhen sie noch eine Weile, während ich bete», sagte er. Die Witwe protestierte.

«Ich fühle mich besser», sagte sie.

Sie ging mit geschlossenen Augen ans Ende des Gangs, und als sie zurückkam, breitete sie das Taschentuch übertrieben sorgfältig über die Armlehne des Liegestuhls. Als sie Pater Angel gegenüber Platz nahm, wirkte sie um Jahre jünger.

«Pater», sagte sie undramatisch, «ich brauche Ihre Hilfe.»

Der Pater steckte das Brevier in die Tasche.

«Zu Ihren Diensten.»

«Es handelt sich wieder um Roberto Asís.»

Entgegen seinem Versprechen, die Schmähschrift zu vergessen, hatte Roberto Asís sich am Vortag bis Sonnabend verabschiedet, war aber in der gleichen Nacht unverhofft nach Hause zurückgekehrt. Bis zum Morgengrauen, als der Schlaf ihn überwältigte, hatte er im dunklen Zimmer gesessen und den vermeintlichen Liebhaber seiner Frau erwartet.

Pater Angel horchte überrascht auf.

«Das ist ganz unbegründet», sagte er.

«Sie kennen die Asís nicht», erwiderte die Witwe. «Sie haben eine höllische Phantasie.»

«Rebeca kennt meine Meinung über die Schmähschriften», sagte er. «Wenn Sie möchten, kann ich auch mit Roberto Asís sprechen.»

«Auf keine Fall», sagte die Witwe. «Das hieße das Feuer schüren. Wenn Sie statt dessen die Schmähschriften in der Sonntagspredigt behandeln würden, wäre ich sicher, daß Roberto Asís Vernunft annimmt.»

Der Pater breitete die Arme aus.

«Unmöglich», rief er. «Das hieße den Dingen eine Wichtigkeit beimessen, die sie nicht besitzen.»

«Nichts ist wichtiger, als ein Verbrechen zu verhüten.»

«Glauben Sie, es wird bis zum Äußersten kommen?»

«Das glaube ich nicht nur», sagte die Witwe. «Ich bin sogar überzeugt, daß meine Kräfte nicht ausreichen werden, es zu verhindern.»

Gleich darauf setzten sie sich zu Tisch. Ein barfüßiges Mädchen brachte Reis mit Bohnen, gedünstetes Gemüse und in einer Schüssel Fleischklöße in dicker brauner Soße.

Pater Angel bediente sich stumm. Der scharfe Pfeffer, die tiefe Stille des Hauses und ein Gefühl der Ratlosigkeit, welches in diesem Augenblick sein Herz bedrückte, versetzten ihn wieder in sein karges Anfängerstübchen an einem glühenden Mittag in Macondo. An solch einem Tag voll Staub und Hitze hatte er es abgelehnt, einem Selbstmörder, den die hartherzigen Bewohner von Macondo nicht beerdigen wollten, ein christliches Begräbnis zu geben.

Er knöpfte den Kragen der Soutane auf, um seinem Schweiß freien Lauf zu lassen.

«Ist gut», sagte er zu der Witwe. «Sorgen Sie also dafür, daß Roberto Asís nicht bei der Sonntagsmesse fehlt.»

Die Witwe Asís versprach es.

Doktor Giraldo und seine Frau, die nie einen Mittagsschlaf hielten, verbrachten den Nachmittag bei der Lektüre einer Erzählung von Dickens. Sie befanden sich auf der Terrasse des Innenhofs, wo er, die Hände im Nacken verschränkt, in der Hängematte liegend zuhörte; sie, das Buch auf dem Schoß, las mit dem Rücken zu den Lichtrauten, in denen die Geranien flammten. Sie las teilnahmslos mit berufsmäßiger Betonung, ohne ihre Stellung im Stuhl zu verändern. Bis zum Schluß hob sie nicht den Kopf und blieb, das aufgeschlagene Buch auf den Knien, sitzen, während ihr Mann sich in der Waschschüssel wusch. Die Hitze kündigte ein Gewitter an.

«Ist das eine lange Erzählung?» fragte sie nach reiflicher Überlegung.

Mit den im Operationssaal erlernten genau bemessenen Bewegungen, hob der Arzt seinen Kopf aus der Schüssel. «Angeblich ist es ein Kurzroman», sagte er, Brillantine knetend, vor dem Spiegel. «Doch ich würde eher sagen, es handelt sich um eine lange Erzählung.» Er rieb sich den Schädel ein und schloß:

«Kritiker würden sagen, es ist eine lange Kurzgeschichte.»

Er zog einen weißen Leinenanzug an, seine Frau half ihm dabei. Man hätte sie für eine ältere Schwester halten können, nicht nur, weil sie ihn mit friedlicher Ergebenheit bediente, sondern wegen der Leblosigkeit ihrer Augen, die sie älter machten. Bevor Doktor Giraldo ging, gab er ihr die Liste mit der Reihenfolge der Hausbesuche, falls sich ein dringender Fall einfände, und stellte im Wartezimmer die Zeiger der Reklameuhr: *Der Doktor kommt um fünf zurück.*

Die Straße summte vor Hitze. Doktor Giraldo ging auf der Schattenseite, verfolgt von der Vorahnung, daß es trotz der zähen Luft an diesem Nachmittag nicht regnen würde. Das Zirpen der Grillen betonte die Verlassenheit des Hafens, denn die Kuh war losgemacht und von der Strömung fortgerissen worden, und der Fäulnisgestank hatte in der Luft eine große Leere hinterlassen.

Der Telegraphist rief ihm vom Hotel zu:

«Haben Sie ein Telegramm bekommen?»

Doktor Giraldo hatte keines erhalten.

«Drahtet Lieferbedingungen, Unterschrift Arcofán», zitierte der Telegraphist aus dem Gedächtnis.

Sie gingen gemeinsam zum Telegraphenamt. Während der Doktor eine Antwort schrieb, begann der Beamte einzunicken.

«Es ist Salzsäure», erklärte der Doktor ohne große wissenschaftliche Überzeugung. Und trotz seiner Vorahnung fügte er, den Text beendend, tröstlich hinzu: «Vielleicht regnet es heute nacht.»
Der Telegraphist zählte die Buchstaben. Der Doktor achtete nicht auf ihn. Ihn fesselte ein neben dem Taster aufgeschlagenes dickes Buch. Er fragte, ob es ein Roman sei.
«*Die Elenden*, Victor Hugo», telegraphierte der Telegraphist. Er versiegelte die Kopie des Telegramms und kam mit dem Buch wieder zum Schalter zurück. «Ich glaube, mit dem reichen wir bis Dezember.»
Doktor Giraldo war seit Jahren bekannt, daß der Telegraphist in seinen freien Stunden der Telegraphistin von San Bernardo del Viento Gedichte telegraphierte. Aber er hatte nicht gewußt, daß er ihr sogar Romane vorlas.
«Das ist schon was Ernstes», sagte er, in dem abgegriffenen Wälzer blätternd, der in seiner Erinnerung verworrene Jünglingsgefühle weckte. «Alexandre Dumas wäre geeigneter.»
«Ihr gefällt aber dieses», erklärte der Telegraphist.
«Hast Du sie kennengelernt?»
Der Telegraphist schüttelte den Kopf.
«Macht nichts», sagte er. «Ich würde sie überall in der Welt erkennen, an den kleinen Stotterern beim R.»
Doktor Giraldo hatte an diesem Nachmittag auch eine Stunde für Don Sabas reserviert. Er traf ihn erschöpft im Bett an, von der Taille an in ein Badetuch gewickelt.
«Haben die Karamelbonbons geschmeckt?» fragte der Doktor.

«Es ist die Hitze», jammerte Don Sabas und drehte seinen massigen Greisenkörper zur Tür hin. «Ich habe mich nach dem Mittagessen gespritzt.»
Doktor Giraldo öffnete sein Köfferchen auf einem neben dem Fenster bereitstehenden Tisch. Im Innenhof zirpten die Grillen, und im Zimmer herrschten Treibhaustemperaturen. Im Innenhof hockend, urinierte Don Sabas einen schwachen Strahl.
Als der Doktor das Glasröhrchen mit der bernsteinfarbenen Flüssigkeit entgegennahm, fühlte sich der Kranke getröstet. Er beobachtete die Untersuchung und sagte:
«Geben Sie acht, Doktor, denn ich will nicht sterben, bevor ich weiß, wie dieser Roman ausgeht.»
Doktor Giraldo warf eine blaue Tablette in die Urinprobe.
«Welcher Roman?»
«Die Schmähschriften.»
Don Sabas verfolgte ihn mit zahmem Blick, bis Doktor Giraldo die Probe über der Spiritusflamme erhitzt hatte. Er roch daran. Die farblosen Augen des Kranken erwarteten seine Antwort.
«Ist in Ordnung», sagte der Arzt und goß die Probe in den Hof hinaus. Dann blickte er Don Sabas forschend an.
«Sind Sie auch davon betroffen?»
«Ich nicht», sagte der Kranke. «Aber ich amüsiere mich wie ein Japaner über den Schrecken der Leute.»
Doktor Giraldo zog die Spritze auf.
«Übrigens», fuhr Don Sabas fort, «haben Sie mir meine vor zwei Tagen schon angeklebt. Immer derselbe Quatsch: der Unsinn mit meinen Söhnen und die Geschichte mit den Eseln.»

Der Arzt band Don Sabas' Arterie mit einem Gummischlauch ab. Der Kranke beharrte auf der Geschichte mit den Eseln, und weil der Arzt sie nicht zu kennen glaubte, mußte er sie erzählen.

«Vor ungefähr zwanzig Jahren handelte ich mit Eseln», sagte er. «Zufällig waren alle Esel, die ich verkaufte, zwei Tage später tot, ohne eine Spur von Gewaltanwendung.»

Er streckte seinen welken Arm aus, damit der Arzt die Blutprobe entnehmen konnte. Als Doktor Giraldo den Einstich mit Watte abgetupft hatte, winkelte Don Sabas den Arm an.

«Und wissen Sie, was die Leute sich zusammengereimt haben?»

Der Arzt schüttelte den Kopf.

«Sie flüsterten, ich wäre nachts in die Gärten gestiegen und hätte sie da abgeknallt, hätte ihnen die Revolver in die Ärsche gesteckt.»

Doktor Giraldo steckte sich das Glasröhrchen mit der Blutprobe in die Tasche.

«Diese Geschichte ist allem Anschein nach wahr», sagte er.

«Es waren die Schlangen», sagte Don Sabas, wie ein orientalischer Götze im Bett sitzend. «Jedenfalls muß man reichlich dämlich sein, auf eine Schmähschrift zu schreiben, was sowieso alle Welt weiß.»

«Das ist immer das Merkmal von Schmähschriften gewesen», sagte der Arzt. «Sie erzählen, was alle Welt weiß, und das ist immer wahr.»

Don Sabas durchlitt eine kurze Krise. «In der Tat», murmelte er und wischte sich mit dem Leintuch den

Schweiß von den verquollenen Lidern. Sofort faßte er sich wieder:

«Jedenfalls gibt es in diesem Land kein einziges Vermögen, auf dem nicht ein toter Esel lastet.»

Der Arzt war über das Waschbecken gebeugt, als ihn der Satz erreichte. Er sah im Wasser seine eigene Reaktion gespiegelt: ein so vollkommenes Gebiß, daß es unnatürlich wirkte. Über die Schulter hinweg sagte er zu seinem Patienten:

«Ich habe schon immer gefunden, mein lieber Don Sabas, daß Ihre einzige Tugend die Schamlosigkeit ist.»

Der Kranke war begeistert. Die Hiebe seines Arztes bewirkten in ihm eine plötzliche Verjüngung. «Genau das, und meine Potenz», sagte er und begleitete seine Worte mit einem Beugen des Arms, das den Kreislauf anregen mochte, den Arzt jedoch wie eine ausdruckskräftige Obszönität berührte. Don Sabas hüpfte auf dem Hintern. «Deswegen lache ich mich tot über die Schmähschriften», fuhr er fort. «Darin steht, daß meine Söhne sich jede Kleine schnappen, die in der Gegend auftaucht, und ich sage: sie sind die Söhne ihres Vaters.»

Bevor Doktor Giraldo sich verabschieden konnte, mußte er eine gespenstische Kurzfassung der sexuellen Abenteuer von Don Sabas über sich ergehen lassen.

«Glückselige Jugendzeit», rief der Kranke endlich. «Glückselige Zeiten, als ein sechzehnjähriges Ding weniger kostete als eine Färse.»

«Diese Erinnerungen erhöhen Ihren Zuckerspiegel», sagte der Arzt.

Don Sabas öffnete den Mund.

«Im Gegenteil», antwortete er. «Sie sind besser als Ihre verfluchten Insulinspritzen.»

Als der Arzt auf die Straße trat, hatte er den Eindruck, in Don Sabas' Arterien habe eine kräftige Brühe zu kreisen begonnen. Doch ihn beschäftigte etwas anderes: die Schmähschriften. Seit Tagen erreichten sein Sprechzimmer Gerüchte. An diesem Nachmittag wurde ihm nach dem Besuch bei Don Sabas bewußt, daß er tatsächlich seit einer Woche von nichts anderem hatte reden hören.

Im Verlauf der nächsten Stunde machte er mehrere Besuche, und bei allen wurde über die Schmähschriften gesprochen. Er hörte Berichte wortlos und mit scheinbar gleichgültigem Lächeln an, versuchte in Wirklichkeit aber, seine Schlüsse zu ziehen. Er war auf dem Rückweg in die Praxis, als Pater Angel, der gerade von der Witwe Montiel kam, ihn aus seinen Überlegungen riß.

«Wie geht es den Patienten, Doktor?» fragte Pater Angel.

«Meinen geht es gut, Pater», erwiderte der Arzt. «Und Ihren?»

Der Pater biß sich auf die Lippen. Er faßte den Arzt beim Arm, und sie überquerten den Platz.

«Warum fragen Sie mich das?»

«Ich weiß nicht», sagte der Arzt. «Ich höre, daß unter Ihren Patienten eine schlimme Epidemie ausgebrochen ist.»

Der Pater lenkte ab, wohlüberlegt, wie dem Arzt schien. «Ich komme von einem Gespräch mit der Witwe Montiel», sagte er. «Die arme Frau ist mit den Nerven völlig am Ende.»

«Vielleicht ist es das Gewissen», diagnostizierte der Arzt.

«Es ist Todeswahn.»
Obwohl sie in entgegengesetzter Richtung wohnten, begleitete Pater Angel ihn zur Praxis.
«Im Ernst, Pater», fing der Arzt wieder an. «Was halten Sie von diesen Schmähschriften?»
«Ich denke nicht darüber nach», sagte der Pater. «Aber da Sie mich fragen, so sage ich Ihnen, sie sind der reine Neid auf ein vorbildliches Dorf.»
«Solche Diagnosen haben wir Ärzte nicht einmal im Mittelalter gestellt», entgegnete Doktor Giraldo.
Sie blieben vor der Arztpraxis stehen. Sich langsam fächelnd, wiederholte Pater Angel zum zweiten Mal an diesem Tag, ‹daß man den Dingen nicht eine Wichtigkeit beimessen solle, die sie nicht besitzen›. Doktor Giraldo fühlte sich von stummer Verzweiflung geschüttelt.
«Woher wissen Sie, Pater, daß das, was auf den Schmähschriften steht, nicht stimmt?»
«Ich wüßte es aus der Beichte.»
Der Arzt sah ihm kalt in die Augen. «Um so schlimmer, wenn Sie es in der Beichte nicht erfahren haben.»
Pater Angel stellte am gleichen Nachmittag fest, daß sogar in den Hütten der Armen von den Schmähschriften gesprochen wurde, wenn auch auf andere, gesunde, fröhliche Art. Er aß ohne Appetit, nachdem er unter stechenden Kopfschmerzen, die er den Fleischklößen vom Mittagessen zuschrieb, gebetet hatte. Dann suchte er die moralische Bewertung des Films heraus und empfand zum ersten Mal in seinem Leben ein ihm unbekanntes Gefühl von Hochmut, als er mit zwölf tönenden Glockenschlägen das absolute Verbot verkündete. Schließlich stellte er

einen Hocker in die Tür zur Straße mit dem Gefühl, der Kopf müsse ihm vor Schmerz zerspringen, und kontrollierte öffentlich, wer entgegen seiner Bekanntmachung ins Kino ging.

Der Bürgermeister ging hinein. Auf einem Eckplatz im Parkett rauchte er vor Beginn des Films zwei Zigaretten. Sein Zahnfleisch war nicht mehr entzündet, aber da sein Körper durch die vergangenen Nächte und die Schmerzmittel noch in Mitleidenschaft gezogen war, verursachten ihm die Zigaretten nur Übelkeit.
Das Kino war ein von einer Zementmauer umgebener Innenhof, der bis zur Parkettmitte mit Zinkblech überdacht war und in dem das mit Kaugummis und Zigarettenstummeln gedüngte Gras allmorgendlich wieder auflebte. Für einen Augenblick sah der Bürgermeister die ungehobelten Holzbänke, das Eisengitter, das die Sperrsitze von der Galerie trennte, vor seinen Augen verschwimmen und fühlte sich angesichts der weißgestrichenen Projektionsfläche auf der hinteren Wand von einer Woge des Schwindels ergriffen.
Als die Lichter erloschen, fühlte er sich besser. Die schrille Lautsprechermusik brach ab, dafür nahm das Vibrieren des neben dem Projektor in einer Holzbude untergebrachten Generators zu.
Vor Beginn des Films wurden Werbedias gezeigt. Ein Gewirr aus unterdrücktem Geflüster, undeutlichen Schritten und leisem Kichern brachte kurz Bewegung in das Halbdunkel. Erschrocken dachte der Bürgermeister,

daß dieses heimliche Eintreten ein Zeichen der Subversion gegen Pater Angels starre Gebote sei.
Schon an der Kölnischwasserfahne hätte er den Kinobesitzer erkannt, als dieser an ihm vorbeikam.
«Schurke», flüsterte er und packte ihn am Arm. «Du wirst eine Extrasteuer zahlen.»
Durch die Zähne lachend, setzte sich der Besitzer auf den freien Platz.
«Der Streifen ist gut», sagte er.
«Mir wäre lieber», sagte der Bürgermeister, «sie wären alle schlecht. Nichts ist langweiliger als moralisches Kino.»
Bis vor wenigen Jahren hatte niemand die Glockenzensur sonderlich ernst genommen. Doch Pater Angel hatte jeden Sonntag in der Hauptmesse von der Kanzel herab die Namen der Frauen verlesen, die unter der Woche seiner Bekanntmachung zuwider gehandelt hatten, und sie aus der Kirche ausgewiesen.
«Das Hintertürchen war die Rettung», sagte der Kinobesitzer.
Mittlerweile sah sich der Bürgermeister die veraltete Wochenschau an. Er redete weiter und unterbrach sich jedesmal, wenn ihn auf der Leinwand etwas fesselte.
«Immer wieder dasselbe», sagte er. «Der Pfarrer verweigert den Frauen, die kurze Ärmel tragen, die Kommunion, sie tragen weiter kurze Ärmel, ziehen aber falsche darüber, wenn sie zur Messe gehen.»
Nach der Wochenschau wurde der Vorspann vom Film der kommenden Woche gezeigt. Schweigend sahen sie ihn an. Am Schluß beugte sich der Besitzer zum Bürgermeister hinüber. «Leutnant», flüsterte er. «Kaufen Sie mir diesen Laden ab.»

Der Bürgermeister wandte den Blick nicht von der Leinwand.

«Das ist kein Geschäft.»

«Für mich nicht», sagte der Besitzer. «Aber für Sie wäre es eine Goldgrube. Ist doch klar: Ihnen würde der Pfarrer nicht mit dem Glockengebimmel kommen.»

Der Bürgermeister dachte nach, bevor er antwortete:

«Klingt nicht schlecht», sagte er.

Aber er ließ sich nicht festlegen. Er legte die Füße auf die vor ihm stehende Bank und verlor sich auf den auf und ab führenden Pfaden eines verworrenen Dramas, welches im Nachhinein keine vier Glockenschläge verdient hätte.

Nach dem Kino blieb er im Billardsaal, wo Lotterie gespielt wurde. Es war heiß, und das Radio schwitzte heisere Musik. Nachdem er eine Flasche Mineralwasser getrunken hatte, machte sich der Bürgermeister auf den Heimweg. Er ging sorglos am Flußufer entlang und spürte in der Dunkelheit den angeschwollenen Fluß, das Rumoren von dessen Eingeweiden und seinen Geruch eines mächtigen Tigers. Vor der Schlafzimmertür sprang er mit einem Satz zurück und zog den Revolver.

«Ins Licht treten», sagte er mit scharfer Stimme, «oder ich feuere.»

Eine süße Stimme tönte aus dem Dunkel.

«Nicht so nervös, Leutnant.»

Er blieb mit gezücktem Revolver stehen, bis die versteckte Person ans Licht trat. Es war Casandra.

«Du bist noch gerade davongekommen», sagte der Bürgermeister.

Er ließ sie ins Schlafzimmer vorangehen. Lange Zeit

sprach Casandra unentwegt von einem turbulenten Lebensweg. Sie hatte sich in die Hängematte gesetzt, und während sie erzählte, zog sie ihre Schuhe aus und besah unbefangen ihre feuerrot lackierten Fußnägel.
Vor ihr sitzend und sich mit der Mütze fächelnd, folgte der Bürgermeister der Unterhaltung mit förmlicher Unverbindlichkeit. Er hatte wieder angefangen zu rauchen. Als es zwölf schlug, legte sie sich in die Hängematte auf den Bauch, streckte ihren mit klingelnden Armreifen geschmückten Arm nach ihm aus und kniff ihm in die Nase.
«Es ist spät, Junge», sagte sie. «Mach das Licht aus.»
Der Bürgermeister lächelte.
«Es war nicht deswegen», sagte er.
Sie verstand nicht.
«Können Sie Karten legen?» fragte der Bürgermeister.
Casandra setzte sich in der Hängematte auf.
«Schon immer», sagte sie. Als sie begriffen hatte, zog sie die Schuhe wieder an.
«Aber ich habe die Karten nicht mitgebracht», sagte sie.
«Wer Erde ißt», lächelte der Bürgermeister, «schleppt seine Scholle mit.»
Er holte aus den Tiefen eines Handkoffers ein paar abgegriffene Kartenspiele. Ernst und aufmerksam prüfte sie jede Karte von vorn und hinten. «Die anderen Kartenspiele sind besser», sagte sie. «Aber schließlich ist das Wichtigste der Kontakt.» Der Bürgermeister schob ein Tischchen heran, setzte sich ihr gegenüber, und Casandra legt die Karten auf.
«Liebe oder Geschäfte?» fragte sie.
Der Bürgermeister wischte sich den Schweiß von den Händen. «Geschäfte», sagte er.

Ein herrenloser Esel suchte unter dem Vordach des ländlichen Hauses Schutz vor dem Regen und schlug die ganze Nacht mit den Hufen gegen die Schlafzimmerwand. Es war eine Nacht ohne Ruhe. Erst nach kurzem Schlaf im Morgendämmer erwachte Pater Angel und hatte das Gefühl, als sei er mit Staub bedeckt. Die schlafenden Narden im Sprühregen, der Geruch des Aborts und das düstere Kircheninnere, nachdem die fünf Glockenschläge verhallt waren, alles schien verschworen, ihm diesen Tagesanbruch schwer zu machen.

In der Sakristei, wo er sich zur Messe umzog, hörte er Trinidad ihre toten Mäuse einsammeln, während die werktags stummen Frauen die Kirche betraten. Im Verlauf der Messe bemerkte er mit wachsendem Ärger die Verwechslungen des Ministranten und dessen Bauernlatein und erlebte den letzten Augenblick mit jenem Gefühl des Scheiterns, das ihn in den bösen Stunden seines Lebens quälte.

Er ging gerade frühstücken, als Trinidad ihm mit strahlendem Gesichtsausdruck in den Weg trat. «Heute sind sechs mehr reingegangen», sagte sie und raschelte mit den toten Mäusen in der Schachtel. Pater Angel bemühte sich, seine innere Unruhe zu beherrschen.

«Großartig», sagte er. «Nun muß man nur noch die Nester finden, damit wir sie vollkommen ausrotten können.»
Trinidad hatte die Nester schon gefunden. Sie berichtete, wie sie die Löcher an den verschiedenen Stellen der Kirche, besonders im Turm und am Taufbecken entdeckt und mit Asphalt verstopft habe. An diesem Morgen hatte sie eine Maus wie verrückt gegen die Wände rennen sehen, nachdem sie die ganze Nacht den Eingang zu ihrer Behausung gesucht hatte.
Sie traten in den gepflasterten kleinen Innenhof hinaus, wo die ersten Nardenstengel sich aufzurichten begannen. Trinidad blieb zurück, weil sie die toten Mäuse in den Abort warf. Als sie in das Arbeitszimmer kam, schickte sich Pater Angel an zu frühstücken, nachdem er das Tüchlein aufgenommen hatte, unter dem jeden Morgen hingezaubert wie durch Taschenspielerei sein Frühstück stand, das ihm die Witwe Montiel schickte.
«Ich habe vergessen zu sagen, daß ich das Arsenik nicht kaufen konnte», sagte Trinidad beim Eintreten. «Don Lalo Moscote sagt, er darf es ohne ärztliches Rezept nicht verkaufen.»
«Es wird nicht nötig sein», sagte Pater Angel. «Sie ersticken alle in ihren Löchern.»
Er schob einen Stuhl an den Tisch, und während Trinidad das Fenster öffnete, stellte er seine Tasse zurecht, den Teller mit den Maisbrotscheiben und die Kaffeekanne mit dem eingravierten japanischen Drachen.
«Es ist immer gut, man ist vorbereitet, falls sie wiederkommen», sagte sie. Pater Angel schenkte sich Kaffee ein, hielt plötzlich inne und sah Trinidad an, die in ihrem unförmi-

gen Gewand und ihren orthopädischen Schuhen an den Tisch trat.
«Du machst dir deswegen zu viele Sorgen», sagte er.
Weder früher noch jetzt hatte Pater Angel je das geringste Anzeichen von Beunruhigung im dichten Gestrüpp von Trinidads Augenbrauen entdeckt. Ohne ein leichtes Zittern seiner Finger verhindern zu können, tat er nach dem Einschenken des Kaffees zwei Stück Zucker in die Tasse, und rührte um, während er den Blick auf das an der Wand hängende Kruzifix heftete.
«Wann hast du das letzte Mal gebeichtet?»
«Am Freitag», bekannte Trinidad.
«Sag mir», fragte Pater Angel, «hast du mir irgendwann einmal eine Sünde verschwiegen?»
Trinidad schüttelte den Kopf.
Pater Angel schloß die Augen. Plötzlich hörte er auf, im Kaffee zu rühren, legte den Löffel auf die Untertasse und packte Trinidad am Arm.
«Knie nieder», sagte er.
Verwirrt stellte Trinidad die Schachtel auf den Boden und kniete vor ihm nieder. «Bete das Sündenbekenntnis», sagte Pater Angel, dessen Stimme den Ton eines gütigen Beichtvaters angenommen hatte. Trinidad preßte die Fäuste an die Brust und betete ein unverständliches Gemurmel, bis der Pater seine Hand auf ihre Schulter legte und sagte:
«Gut.»
«Ich habe gelogen», sagte Trinidad.
«Was noch?»
«Ich habe böse Gedanken gehabt.»

Das war ihr Beichtschema. Sie zählte immer die gleichen, ganz allgemein gehaltenen Sünden auf, und immer in der gleichen Reihenfolge. Diesmal jedoch konnte Pater Angel dem Drang nicht widerstehen, tiefer zu forschen.

«Zum Beispiel», sagte er.

«Ich weiß nicht», zögerte Trinidad. «Man hat manchmal böse Gedanken.»

Pater Angel richtete sich auf.

«Ist dir nie der Gedanke gekommen, dir das Leben zu nehmen?»

«Ave Maria Purissima», rief Trinidad, ohne den Kopf zu heben, und klopfte gleichzeitig mit den Knöcheln ans Tischbein. Dann antwortete sie: «Nein, Pater.»

Pater Angel zwang sie, den Kopf zu heben und gewahrte mit einem Gefühl der Trostlosigkeit, daß die Augen des Mädchens sich mit Tränen füllten.

«Das heißt, das Arsenik ist wirklich für die Mäuse.»

«Ja, Pater.»

«Warum weinst du dann?»

Sie wollte den Kopf senken, er aber hielt ihr energisch das Kinn hoch. Sie brach in Tränen aus. Pater Angel fühlte sie wie warmen Essig zwischen seinen Fingern rinnen.

«Fasse dich», sagte er. «Du bist mit deiner Beichte noch nicht am Ende.»

Er ließ sie sich leise ausweinen. Als sie aufgehört hatte, sagte er sanft:

«Gut, nun erzähle mir.»

Trinidad schneuzte sich in ihren Rock und schluckte ihren zähen, von Tränen salzigen Speichel herunter. Als sie von neuem zu sprechen begann, hatte sie ihre seltene Altstimme wiedergefunden.

«Mein Onkel Ambrosio verfolgt mich», sagte sie.

«Wieso?»

«Er möchte, daß ich ihn eine Nacht in meinem Bett verbringen lasse», sagte Trinidad.

«Weiter.»

«Mehr nicht», sagte Trinidad. «Beim Heiligen Gott, mehr ist nicht.»

«Schwöre nicht», ermahnte sie der Pater. Dann fragte er mit seiner ruhigen Beichtvaterstimme: «Sage mir: mit wem schläfst du?»

«Mit meiner Mama und den anderen Frauen», sagte Trinidad. «Sieben im selben Zimmer.»

«Und er?»

«Im anderen Zimmer, mit den Männern», sagte Trinidad.

«Ist er nie in dein Zimmer gekommen?»

Trinidad schüttelte den Kopf.

«Sage die Wahrheit», beharrte Pater Angel. «Los, sei unverzagt: hat er nie versucht, in dein Zimmer zu kommen?»

«Einmal.»

«Wie war das?»

«Ich weiß nicht», sagte Trinidad. «Als ich aufgewacht bin, merkte ich, daß er unter dem Moskitonetz war, ganz still, und er sagte, daß er mir nichts tun würde, er wolle nur bei mir schlafen, weil er sich vor den Hähnen fürchtete.»

«Vor welchen Hähnen?»

«Ich weiß nicht», sagte Trinidad. «Das hat er zu mir gesagt.»

«Und was hast du gesagt?»

«Daß, wenn er nicht ginge, ich schreien würde, damit alle Welt aufwache.»

«Und was hat er getan?»

«Cástula ist aufgewacht und hat mich gefragt, was los sei, und ich habe gesagt, nichts, sie müsse wohl geträumt haben, und er blieb ganz still wie ein Toter, und ich habe es kaum gemerkt, als er aus dem Moskitonetz geschlüpft ist.»

«Er war angezogen», sagte der Pater überzeugt.

«Wie beim Schlafen», sagte Trinidad. «Nur in Hosen.»

«Er hat nicht versucht, dich zu berühren.»

«Nein, Pater».

«Sage die Wahrheit.»

«Bestimmt, Pater», beharrte Trinidad. «Beim Heiligen Gott.»

Pater Angel hob ihr wieder den Kopf hoch und bemerkte den traurigen Glanz in ihren feuchten Augen.

«Warum hast du mir das verschwiegen?»

«Ich hatte Angst.»

«Angst wovor?»

«Ich weiß nicht, Pater.»

Er legte ihr die Hand auf die Schulter und gab ihr ausgedehnte Ratschläge. Trinidad dankte. Zum Schluß begann er ganz leise mit ihr zu beten: «Herr Jesus Christus, Gott und wahrer Mensch . . .» Er betete inbrünstig, von einer bestimmten Furcht erfüllt, und ließ während des Betens im Geist sein Leben vorüberziehen, soweit seine Erinnerung es zuließ. In dem Augenblick, als er die Absolution erteilte, nahm ein Gefühl drohenden Unheils von seinem Geist Besitz.

Der Bürgermeister stieß die Tür auf und rief: «Richter.»

Richter Arcadios Frau erschien, sich die Hände am Rock abtrocknend, in der Schlafzimmertür.
«Er ist schon zwei Nächte nicht heimgekommen», sagte sie.
«Verflucht», sagte der Bürgermeister. «Gestern ist er auch nicht im Amt erschienen. Ich habe ihn wegen einer dringenden Angelegenheit überall gesucht, aber niemand weiß, wo er steckt. Können Sie sich nicht denken, wo er ist?»
«Er wird bei den Huren sein.»
Der Bürgermeister ging, ohne die Tür zu schließen. Er betrat den Billardsaal, wo der automatische Plattenspieler in voller Lautstärke ein sentimentales Lied plärrte, und schrie auf dem Weg zum Hinterzimmer: «Richter!» Don Roque, der Besitzer, der gerade Rum in eine Korbflasche umfüllte, unterbrach seine Tätigkeit. «Hier ist er nicht, Leutnant», rief er. Der Bürgermeister trat durch den Windfang. Männer spielten in Gruppen Karten. Niemand hatte Richter Arcadio gesehen.
«Zum Teufel», sagte der Bürgermeister. «In diesem Dorf weiß jeder, was jeder tut, aber wenn ich den Richter brauche, weiß niemand, wo er steckt.»
«Fragen Sie den, der die Schmähschriften anklebt», sagte Don Roque.
«Bleibt mir mit den Schmähschriften vom Hals», sagte der Bürgermeister.
Auch in seinem Büro war Richter Arcadio nicht. Es war neun, doch der Gerichtssekretär machte im Gang des Innenhofs bereits ein Nickerchen. Der Bürgermeister ging in die Polizeiwache, befahl drei Polizisten, sich anzuziehen

und Richter Arcadio im Tanzsaal und in den Zimmern von drei gewissen ortsbekannten Damen zu suchen. Dann trat er auf die Straße und ging ziellos weiter. Im Friseurladen begegnete er Richter Arcadio, der breitbeinig, das Gesicht in ein heißes Handtuch gehüllt, im Stuhl saß.

«Verflucht nochmal, Richter», schrie er, «seit zwei Tagen suche ich Sie.»

Der Friseur nahm dem Richter das Tuch ab, und der Bürgermeister sah ein Paar verquollene Augen und das von einem Dreitagebart beschattete Kinn.

«Sie verschwinden einfach, während ihre Frau niederkommt», sagte er.

Richter Arcadio sprang auf.

«Scheiße!»

Der Bürgermeister lachte schallend und drückte ihn auf den Stuhl. «Seien Sie nicht albern», sagte er. «Ich suche Sie wegen etwas anderem.» Richter Arcadio lehnte sich mit geschlossenen Augen wieder zurück.

«Sehen Sie zu, daß Sie fertig werden und kommen Sie mit ins Büro», sagte der Bürgermeister. «Ich warte auf Sie.» Er setzte sich auf die Bank.

«Wo zum Teufel waren Sie?»

«Hier in der Gegend», sagte der Richter.

Der Bürgermeister kam nicht oft in den Friseurladen. Irgendwann hatte er das Plakat an der Wand bemerkt: *Politische Gespräche verboten*, doch es war ihm natürlich vorgekommen. Diesmal indes erregte es seine Aufmerksamkeit.

«Guardiola», rief er.

Der Friseur wischte das Rasiermesser an seiner Hose ab und hielt abwartend inne.

«Was ist, Leutnant?»
«Wer hat dir erlaubt, das aufzuhängen?» fragte der Bürgermeister und deutete auf das Plakat.
«Die Erfahrung», sagte der Friseur.
Der Bürgermeister schob einen Hocker an die hintere Wand und stieg darauf, um das Plakat abzunehmen.
«Der einzige, der hier was verbieten kann, ist die Regierung», sagte er. «Wir leben in einer Demokratie.»
Der Friseur nahm seine Arbeit wieder auf. «Niemand darf die Leute daran hindern, ihre Gedanken auszusprechen», fuhr der Bürgermeister fort und zerriß die Pappe. Er warf die Fetzen in den Abfallkorb und ging zum Friseurtisch, um sich die Hände zu waschen.
«Siehst du, Guardiola», belehrte ihn der Richter. «So ist das, wenn man ein Frosch ist.»
Der Bürgermeister suchte den Friseur im Spiegel und fand ihn in seine Arbeit vertieft. Es ließ ihn nicht aus den Augen, solange er sich die Hände abtrocknete.
«Der Unterschied zwischen früher und jetzt ist», sagte er, «daß früher die Politiker bestimmten und heute die Regierung bestimmt.»
«Hast du gehört, Guardiola», sagte Richter Arcadio mit eingeschäumtem Gesicht.
«Klar», sagte der Friseur.
Als sie draußen waren, schob der Bürgermeister Richter Arcadio zum Büro. Im Dauerregen schienen die Straßen mit Seife gepflastert zu sein.
«Ich habe immer gewußt, daß das hier ein Nest von Verschwörern ist», sagte der Bürgermeister.
«Sie reden», sagte der Richter. «Aber mehr auch nicht.»

«Gerade das macht sie mir verdächtig», erwiderte der Bürgermeister. «Sie sind viel zu zahm».
«In der Geschichte der Menschheit», dozierte der Richter, «hat es nie einen verschwörerischen Friseur gegeben. Dafür hat es nie einen Schneider gegeben, der es nicht gewesen wäre.»
Der Bürgermeister ließ Richter Arcadios Arm erst los, als dieser auf seinem Drehstuhl saß. Gähnend, ein maschinegeschriebenes Blatt in der Hand, betrat der Sekretär das Büro. «Gut so», sagte der Bürgermeister. «Gehen wir an die Arbeit.» Er schob sich die Mütze in den Nacken und nahm das Papier.
«Was ist das?»
«Das ist für den Richter», sagte der Sekretär. «Das ist die Liste der Personen, bei denen man keine Schmähschriften angehängt hat.»
Der Bürgermeister wandte sich verblüfft an den Richter.
«Ah, verdammt», rief er aus. «Auch Sie machen sich mit dem Mist zu schaffen.»
«Für mich ist das wie Krimis lesen», entschuldigte sich der Richter.
Der Bürgermeister sah die Liste durch.
«Das ist eine gute Spur», erklärte der Sekretär. «Einer von denen muß der Verfasser sein. Das ist doch logisch, oder?»
Richter Arcadio nahm dem Bürgermeister das Blatt ab.
«Er ist dumm wie ein Arsch», sagte er zum Bürgermeister. Dann bemerkte er, zum Sekretär gewandt: «Wenn ich Schmähschriften anbringe, hänge ich mir zuerst eine ans eigene Haus, um jeden Verdacht von mir abzulenken.»
Und er fragte den Bürgermeister:

«Finden Sie nicht auch, Leutnant?»
«Der Mist geht die Leute selbst etwas an», sagte der Bürgermeister. «Sollen sie sehen, wie sie damit zurande kommen. Wir brauchen ihre schmutzige Wäsche nicht zu waschen.»
Richter Arcadio zerriß das Blatt, knüllte es zusammen und warf es in den Innenhof:
«Allerdings.»
Schon vor seiner Antwort hatte der Bürgermeister den Vorfall vergessen. Er stützte sich mit den Handflächen auf den Schreibtisch und sagte:
«Gut, ich wünsche, daß Sie folgenden Quatsch in Ihren Büchern nachschlagen: Infolge der Überschwemmungen haben die Leute des unteren Dorfteils ihre Häuser auf die Grundstücke hinter dem Friedhof verfrachtet, und diese Grundstücke sind mein Eigentum. Was muß ich in diesem Fall tun?»
Richter Arcadio lächelte.
«Deswegen hätten wir nicht ins Büro zu gehen brauchen», sagte er. «Das ist die einfachste Sache von der Welt: die Gemeinde spricht den Siedlern die Grundstücke zu und zahlt demjenigen eine angemessene Entschädigung, der nachweist, daß er der rechtmäßige Eigentümer ist.»
«Ich besitze die Urkunden», sagte der Bürgermeister.
«Dann braucht man nur noch Sachverständige zu ernennen, die die Schätzung vornehmen», sagte der Richter. «Die Gemeinde bezahlt.»
«Wer ernennt sie?»
«Sie können sie selbst ernennen.»
Der Bürgermeister ging zur Tür und rückte seine Revol-

vertasche zurecht. Als er ihn aufbrechen sah, dachte Richter Arcadio, das Dasein sei nicht mehr als eine ununterbrochene Folge von Gelegenheiten zum Überleben.

«Man braucht wegen einer so einfachen Angelegenheit nicht nervös zu werden», lächelte er.

«Ich bin nicht nervös», sagte der Bürgermeister ernst. «Trotzdem ist es ein ziemlicher Mist.»

«Sie müssen allerdings vorher den Verwaltungsbeamten ernennen», schaltete sich der Sekretär ein.

Der Bürgermeister wandte sich zum Richter.

«Stimmt das?»

«Im Ausnahmezustand ist es nicht unbedingt notwendig», sagte der Richter, «da Sie aber zufällig der Eigentümer der umstrittenen Grundstücke sind, wäre Ihre Position natürlich unanfechtbarer, wenn ein Verwaltungsbeamter sich in die Angelegenheit einschalten könnte.»

«Dann müssen wir ihn eben ernennen», sagte der Bürgermeister.

Señor Benjamin wechselte die Fußstellung auf der Fußstütze, ohne den Blick von den Aasgeiern zu wenden, die sich mitten auf der Straße um ein Gekröse stritten. Er beobachtete die schwerfälligen Schritte der Vögel, die sich steif und zeremoniell bewegten, als führten sie einen altertümlichen Tanz auf, und bewunderte die getreue Nachahmung durch jene Männer, die sich am Sonntag vor Fastnacht als Aasgeier verkleiden. Der zu seinen Füßen hockende Junge rieb auch den zweiten Schuh mit Zink-

oxyd ein und schlug wieder an die Kiste als Aufforderung für einen Fußwechsel auf der Stütze.
Señor Benjamin, der sich seinen Unterhalt früher mit der Abfassung von Bittschriften verdient hatte, ließ sich durch nichts aus der Ruhe bringen. Unmerklich verstrich die Zeit in diesem Laden, den er Centavo um Centavo durchgebracht hatte, bis nichts übrig war als eine Gallone Petroleum und eine Packung Talgkerzen.
«Es regnet und es ist trotzdem heiß», sagte der Junge.
Señor Benjamin war anderer Auffassung. Er war in makelloses Leinen gekleidet. Der Junge hingegen hatte einen nassen Rücken.
«Die Hitze ist eine Frage der Einstellung», sagte Señor Benjamin. «Es kommt darauf an, sie nicht zu beachten.»
Der Junge erwiderte nichts. Er schlug noch einmal an die Kiste und war eine Sekunde später mit der Arbeit fertig.
Señor Benjamin zog sich in seinem düsteren Laden mit den leeren Regalen die Jacke an. Dann setzte er einen Strohhut auf, überquerte unter einem Regenschirm die Straße und klopfte ans Fenster des gegenüberliegenden Hauses. Hinter dem halbgeöffneten Fensterladen erschien ein Mädchen mit tiefschwarzem Haar und sehr blasser Haut.
«Guten Tag, Mina», sagte Señor Benjamin, «gehst du noch nicht Mittag essen?»
Sie verneinte, während sie das Fenster ganz öffnete. Sie saß vor einem großen Korb voll zugeschnittener Drähte und buntem Papier. Auf ihrem Schoß lag ein Garnknäuel, eine Schere und ein halbfertiger Strauß künstlicher Blumen. Eine Schallplatte spielte auf dem Grammophon.
«Tu mir den Gefallen und behalte den Laden im Auge, bis ich wiederkomme», sagte Señor Benjamin.

«Bleiben Sie lange?»
Señor Benjamin lauschte aufmerksam der Schallplatte.
«Ich gehe zum Zahnarzt», sagte er. «Spätestens in einer halben Stunde bin ich zurück.»
«Ah, gut», sagte Mina. «Die Blinde will nicht, daß ich mich lange am Fenster aufhalte.»
Señor Benjamin wandte sich von der Platte ab. «Alle Lieder sind heutzutage gleich», bemerkte er. Mina hob eine fertige Blume an dem mit grünem Papier umwickelten langen Drahtstiel hoch. Sie drehte sie in den Fingern, bezaubert durch die vollkommene Entsprechung von Schallplatte und Blume.
«Sie sind ein Musikfeind», sagte sie.
Aber Señor Benjamin war schon gegangen, auf Zehenspitzen, um die Aasgeier nicht zu verscheuchen. Mina nahm ihre Arbeit erst wieder auf, als sie ihn beim Zahnarzt anklopfen sah.
«Meiner Ansicht nach», sagte der Zahnarzt beim Öffnen der Tür, «hat das Chamäleon seine Sensorien in den Augen.»
«Möglich», pflichtete Señor Benjamin bei. «Aber wie kommen Sie darauf?»
«Ich habe gerade im Radio gehört, daß blinde Chamäleons nicht die Farbe wechseln», sagte der Zahnarzt.
Señor Benjamin stellte den aufgespannten Regenschirm in die Ecke, hängte Hut und Jacke an einen Haken und nahm im Behandlungsstuhl Platz. Der Zahnarzt rührte im Mörser eine rosafarbene Masse an.
«Man erzählt sich allerhand Geschichten», sagte Señor Benjamin.

Nicht nur jetzt, sondern immer sprach er in geheimnisvollem Tonfall.
«Über Chamäleons?»
«Über alles mögliche.»
Der Zahnarzt trat mit der fertigen Masse zum Stuhl, um den Abdruck zu machen. Señor Benjamin nahm die schadhafte Zahnprothese aus dem Mund, wickelte sie in ein Taschentuch und legte sie auf die Glasplatte neben dem Behandlungsstuhl. Zahnlos, mit schmalen Schultern und dürren Gliedern hatte er etwas von einem Heiligen an sich. Nachdem er ihm die Paste an den Gaumen gedrückt hatte, ließ der Zahnarzt ihn den Mund schließen.
«So ist es», sagte er und sah ihm in die Augen. «Ich bin ein Feigling.»
Señor Benjamin versuchte Luft zu holen, aber der Zahnarzt hielt ihm den Mund zu. «Nein», erwiderte er in Gedanken. «Es ist nicht so.» Er wußte wie jedermann, daß der Zahnarzt der einzige zum Tode Verurteilte gewesen war, der sein Haus nicht verlassen hatte. Sie hatten ihm die Wände mit Schüssen durchlöchert, sie hatten ihm eine Frist von vierundzwanzig Stunden eingeräumt, damit er aus dem Dorf verschwinden könne, aber es war ihnen nicht gelungen, ihn zu zerbrechen. Er hatte den Behandlungsraum ins Hausinnere verlegt, wo er, ohne die Fassung zu verlieren, und den Revolver in Reichweite, arbeitete, bis die langen Monate des Terrors vorüber waren.
Während der Behandlung glaubte der Zahnarzt in Señor Benjamins Augen mehrmals ein und dieselbe Antwort in verschiedenen Schattierungen der Angst zu lesen. Doch er

hielt ihm weiter den Mund zu, bis die Masse trocken war. Dann nahm er den Abdruck heraus.
«Das meinte ich nicht», sagte Señor Benjamin aufatmend. «Ich meinte die Schmähschriften.»
«Ah», sagte der Zahnarzt. «Du nimmst sie also auch ernst.»
«Es ist ein Symptom sozialer Auflösung», sagte Señor Benjamin.
Er hatte die Zahnprothese wieder eingesetzt und begann, sich umständlich die Jacke anzuziehen.
«Es ist ein Symptom dafür, daß früher oder später alles ans Tageslicht kommt», sagte der Zahnarzt gleichgültig. Er blickte durchs Fenster in den trüben Himmel und schlug vor: «Wenn du willst, bleibe hier, bis es aufklart.»
Señor Benjamin hängte sich den Regenschirm über den Arm. «Es ist niemand im Laden», sagte er und betrachtete seinerseits die regenschweren Wolken. Zum Abschied schwenkte er den Hut.
«Und schlag dir diesen Gedanken aus dem Kopf, Aurelio», sagte er in der Tür. «Niemand hat das Recht zu behaupten, du seist ein Feigling, weil du dem Bürgermeister einen Zahn gezogen hast.»
«Wenn das so ist», sagte der Zahnarzt, «warte eine Sekunde.»
Er ging zur Tür und gab Señor Benjamin ein zusammengefaltetes Blatt.
«Lies und gib es weiter.»
Señor Benjamin brauchte das Blatt nicht auseinanderzufalten, um zu wissen, worum es sich handelte. Mit offenem Mund sah er ihn an.

«Schon wieder?»
Der Zahnarzt nickte und blieb in der Tür stehen, bis Señor Benjamin gegangen war.
Um zwölf rief seine Frau ihn zum Mittagessen. Angela, seine zwanzigjährige Tochter stopfte Strümpfe im einfach und ärmlich möblierten Eßzimmer, dessen Einrichtung von Anfang an alt gewesen zu sein schien. Auf dem hölzernen Geländer zum Innenhof stand eine Reihe rotgestrichener Töpfe mit Heilkräutern.
«Der arme kleine Benjamin», sagte der Zahnarzt, als er sich auf seinen Platz an den runden Tisch setzte, «nimmt die Schmähschriften ernst.»
«Alle nehmen sie ernst», sagte seine Frau.
«Die Tovars ziehen aus dem Dorf fort», bemerkte Angela.
Die Mutter nahm die Teller und füllte sie mit Suppe. «Sie verkaufen alles in wilder Hast», sagte sie. Der Zahnarzt atmete den warmen Duft der Suppe und fühlte sich weit entfernt von den Sorgen seiner Frau.
«Sie werden wiederkommen», sagte er. «Scham hat ein schlechtes Gedächtnis.»
Auf die Suppe im Löffel pustend, bevor er sie aß, erwartete er eine Bemerkung seiner Tochter, einem Mädchen von herbem Aussehen wie er, dessen Blick jedoch ungewöhnliche Lebhaftigkeit ausdrückte. Doch wider Erwarten antwortete sie nicht. Sie sprach vom Zirkus. Sie sagte, es gäbe dort einen Mann, der seine Frau in der Mitte durchsäge, einen Zwerg, der mit dem Kopf im Rachen eines Löwen singe, und einen Trapezkünstler, der den dreifachen Salto Mortale über einem mit Messern gespickten Podest schlage. Stumm essend, hörte ihr der Zahnarzt

zu. Am Ende versprach er, daß sie abends, falls es nicht regne, alle zusammen in den Zirkus gehen würden.
Als er im Schlafzimmer die Hängematte für den Mittagsschlaf aufhängte, begriff er, daß sein Versprechen die Stimmung seiner Frau nicht gehoben hatte. Auch sie war bereit, das Dorf zu verlassen, falls man bei ihnen eine Schmähschrift anbringen würde.
Der Zahnarzt hörte es, ohne überrascht zu sein. «Es wäre ein Witz», sagte er, «wenn sie uns, nachdem sie uns mit Schüssen nicht vertreiben konnten, mit einem Stück Papier an der Haustür vertrieben.» Er zog die Schuhe aus, legte sich in Strümpfen in die Hängematte und beruhigte sie:
«Aber mach dir keine Sorgen, es besteht nicht die geringste Gefahr, daß sie uns eine Schmähschrift ankleben.»
«Sie haben vor niemandem Respekt», sagte die Frau.
«Kommt darauf an», sagte der Zahnarzt. «Bei mir wissen sie, daß der Preis zu hoch ist.»
Die Frau streckte sich mit dem Ausdruck unendlicher Ermüdung auf ihrem Bett aus.
«Wenn du wenigstens wüßtest, wer sie anklebt.»
«Der, der sie anklebt, weiß es», sagte der Zahnarzt.

Der Bürgermeister pflegte tagelang nichts zu essen. Er vergaß es einfach. Sein zeitweilig fieberhafter Tatendrang war ebenso unregelmäßig wie die langen Perioden des Müßiggangs und der Langeweile, in denen er ziellos durch das Dorf strich oder, ohne zu vermerken, wie die Zeit verging, sich in das kugelsichere Büro einschloß. Immer allein, immer getrieben, hatte er keine besondere Neigung und erinnerte sich an keinen, durch regelmäßige Gewohnheiten geprägten Lebensabschnitt. Nur wenn der Drang unwiderstehlich wurde, erschien er zu irgendeiner Stunde im Hotel und aß, was man ihm vorsetzte.

An diesem Tag aß er mit Richter Arcadio zu Mittag. Sie verbrachten den ganzen Nachmittag zusammen, bis der Verkauf der Grundstücke rechtlich geregelt war. Die Sachverständigen erfüllten ihre Pflicht. Der kommissarisch ernannte Standesbeamte versah sein Amt zwei Stunden lang. Als sie kurz nach vier den Billardsaal betraten, machten beide den Eindruck, als kehrten sie von einem anstrengenden Streifzug durch die Zukunft zurück.

«Das hätten wir geschafft», sagte der Bürgermeister und rieb sich die Hände.

Richter Arcadio schenkte ihm keine Beachtung. Der Bürgermeister sah ihn blind nach einem Hocker an der Theke tasten und gab ihm eine Schmerztablette.

«Ein Glas Wasser», bestellte er bei Don Roque.

«Ein eisgekühltes Bier», verbesserte Richter Arcadio, die Stirn auf die Theke gelehnt.

«Oder ein eisgekühltes Bier», berichtigte sich der Bürgermeister und legte das Geld auf die Theke. «Er hat es verdient, weil er wie ein Mann gearbeitet hat.»

Als Richter Arcadio das Bier getrunken hatte, massierte er sich mit den Fingern die dichtbehaarte Kopfhaut. Im Lokal herrschte in Erwartung des Zirkusumzugs erregte Feststimmung.

Der Bürgermeister verfolgte den Umzug vom Billardsaal aus. Unter dem Geschmetter der Blech- und Schlaginstrumente ritt als erste auf einem zwergenhaften Elefanten, dessen Ohren Malangablättern glichen, ein Mädchen in silbernem Flitter vorbei. Ihm folgten die Clowns und die Trapezkünstler. Es hatte zu regnen aufgehört, und die letzten Sonnenstrahlen erhitzten noch den frischgewaschenen Nachmittag. Als die Musik abbrach, damit der Mann auf Stelzen das Programm verlesen konnte, schien sich das ganze Dorf in verzaubertem Schweigen vom Erdboden zu lösen.

Pater Angel, der von seinem Arbeitszimmer aus dem Umzug zusah, nickte im Takt der Musik. Diese aus seiner Kindheit wiedergewonnene Heiterkeit begleitete ihn während des Essens und sogar bei Einbruch der Nacht, bis er sich nach der Kontrolle der Kinobesucher allein im Schlafzimmer wiederfand. Nachdem er gebetet hatte, blieb er wehmütig entrückt im geflochtenen Schaukelstuhl sitzen, ohne zu merken, wie es neun Uhr schlug und der Lautsprecher des Kinos verstummte und statt seiner nur noch ein Frosch quakte. Darauf trat er zum Schreibtisch und schrieb eine Einladung an den Bürgermeister.

Auf einem der Ehrenplätze des Zirkus, den er auf Drängen des Direktors eingenommen hatte, wohnte der Bürgermeister der Eröffnungsnummer der Trapezkünstler und einem Auftritt der Clowns bei. Dann erschien Casandra in schwarzem Samt und mit verbundenen Augen und erbot sich, die Gedanken der Zuschauer zu lesen. Der Bürgermeister ergriff die Flucht. Er machte einen Rundgang durch das Dorf, und um zehn ging er in die Polizeiwache. Dort erwartete ihn Pater Angels Einladung. Die Förmlichkeit des Ersuchens beunruhigte ihn.

Pater Angel war dabei, sich auszuziehen, als der Bürgermeister an die Tür klopfte. «Donnerwetter», sagte der Pfarrer. «So schnell habe ich Sie nicht erwartet.» Bevor der Bürgermeister eintrat, nahm er seine Mütze ab.
«Ich beantworte Briefe gern», lächelte er.
Er warf die Mütze, sie wie eine Scheibe kreisen lassend, auf den geflochtenen Schaukelstuhl. In einer Waschschüssel voll Wasser, die auf dem Fußboden stand, waren ein paar Flaschen kaltgestellt. Pater Angel nahm eine heraus.
«Trinken Sie eine Limonade?»
Der Bürgermeister nahm an.
«Ich habe Sie herbemüht», sagte der Pfarrer, ohne Umschweife auf sein Ziel losgehend, «um Ihnen angesichts Ihrer Gleichgültigkeit gegenüber den Schmähschriften meine Besorgnis auszudrücken.»
Er sprach so, daß man seine Worte als Scherz hätte auffassen können, doch der Bürgermeister verstand Wort für Wort. Erstaunt fragte er sich, wieso Pater Angel sich von der Sorge um die Schmähschriften soweit hatte hinreißen lassen.
«Es ist merkwürdig, Pater, daß auch Sie das ernst nehmen.»
Pater Angel suchte in den Tischschubladen nach dem Flaschenöffner.
«Was mich bekümmert, sind nicht die Schmähschriften an sich», sagte er leicht verwirrt und wußte nicht, wohin mit der Flasche. «Was mich bekümmert, um es so auszudrükken, ist eine gewisse Ungerechtigkeit in alledem.»
Der Bürgermeister nahm ihm die Flasche ab und öffnete sie so geschickt mit der linken Hand am eisernen Absatz

seines Stiefels, daß es Pater Angel auffiel. Dann leckte der Bürgermeister den übergelaufenen Schaum vom Flaschenhals.

«Es gibt ein Privatleben», begann er, ohne zu einem Schluß zu gelangen. «Wirklich, Pater, ich weiß keinen Rat.»

Der Pater setzte sich an den Schreibtisch. «Sie sollten es aber wissen», sagte er. «Letzten Endes ist das für Sie nichts Neues.» Zerstreut blickte er im Raum umher und sagte in verändertem Ton:

«Vor Sonntag sollte etwas geschehen.»

«Heute ist Donnerstag», stellte der Bürgermeister fest.

«Ich bin mir über die Zeit im klaren», antwortete der Pater und fügte, einem versteckten Impuls folgend, hinzu: «Doch vielleicht ist es für Sie noch nicht zu spät, Ihre Pflicht zu erfüllen.»

Der Bürgermeister griff nach der Flasche, als wolle er ihr den Hals abwürgen. Pater Angel sah ihn im Zimmer auf und ab gehen, selbstsicher und schlank, ohne Anzeichen von körperlicher Erschlaffung und empfand deutlich seine Unterlegenheit.

«Wie Sie sehen,» betonte er nochmals, «handelt es sich um nichts Außergewöhliches.»

Vom Turm schlug es elf. Der Bürgermeister wartete, bis der letzte Widerhall verklungen war; dann beugte er sich, die Hände auf den Tisch gestützt, zum Pater hinüber. In seinem Gesicht lag dieselbe unterdrückte Unruhe, die sich auch in seiner Stimme verriet.

«Sehen Sie, Pater», begann er: «Im Dorf ist es ruhig, die Leute bekommen langsam Vertrauen zur Regierung.

Jedwede Gewaltanwendung wegen einer unwesentlichen Angelegenheit wäre in diesem Augenblick ein allzu großes Wagnis.»

Pater Angel nickte. Er versuchte zu erklären:

«Ich beziehe mich ganz allgemein auf gewisse behördliche Maßnahmen.»

«Auf jeden Fall», fuhr der Bürgermeister fort, ohne seine Haltung zu ändern, «muß ich den Umständen Rechnung tragen. Wie Sie wissen, halte ich in der Polizeiwache sechs Polizisten fest, die Gehalt beziehen, ohne einen Finger zu rühren. Es ist mir nicht gelungen, sie auszutauschen.»

«Ich weiß», sagte Pater Angel. «Ich mache Ihnen auch keine Vorwürfe.»

«Im Augenblick ist es für niemanden ein Geheimnis», fuhr der Bürgermeister heftig fort, ohne auf die Unterbrechung zu achten, «daß drei von ihnen gewöhnliche Verbrecher sind, die aus Gefängnissen geholt und als Polizisten verkleidet wurden. Wie die Dinge stehen, will ich nicht das Risiko eingehen, sie auf die Straße zu lassen, damit sie einem Gespenst nachjagen.»

Pater Angel breitete die Arme aus.

«Sicher, sicher», bestätigte er entschieden. «Das kommt selbstverständlich nicht in Frage. Aber warum wenden Sie sich beispielsweise nicht an die rechtschaffenen Bürger?»

Der Bürgermeister richtete sich auf und tat lustlos ein paar Schlucke aus der Flasche. Brust und Rücken seiner Uniform waren durchgeschwitzt. Er sagte:

«Die rechtschaffenen Bürger, wie Sie sagen, lachen sich tot über die Schmähschriften.»

«Nicht alle.»

«Überdies ist es nicht richtig, die Leute wegen etwas zu beunruhigen, was schließlich und endlich die Mühe nicht lohnt. Ehrlich, Pater», schloß er heiter, «bis heute abend ist mir nicht der Gedanke gekommen, daß dieser Kram Sie und mich etwas anginge.»
Pater Angel zeigte sich fürsorglich.
«Bis zu einem bestimmten Punkt doch», erwiderte er und erging sich in einer mühsamen Begründung, die bereits ausgereifte Abschnitte aus der Predigt enthielt, die er sich am Vortag beim Mittagessen bei der Witwe Asís in Gedanken zurechtgelegt hatte.
«Es handelt sich, wenn man so sagen darf», und hierin gipfelte seine Rede, «um einen Fall von Terrorismus innerhalb der moralischen Ordnung.»
Der Bürgermeister lächelte freimütig. «Gut, gut», fiel er ihm fast ins Wort. «Darum braucht man die Papierchen aber doch nicht philosophisch auszulegen, Pater.» Er stellte die halbleere Flasche auf den Tisch und lenkte nach bestem Vermögen ein:
«Wenn Sie mir die Dinge so darstellen, muß man sehen, was zu machen ist.»
Pater Angel dankte ihm. Es sei keineswegs angenehm, vertraute er ihm an, am Sonntag mit einer derartigen Sorge auf die Kanzel zu steigen. Der Bürgermeister hatte versucht, ihn zu verstehen. Doch er merkte, daß es schon sehr spät war und er den Pfarrer vom Schlafen abhielt.

Der Trommelwirbel erklang wieder wie ein Gespenst der Vergangenheit. Er begann um zehn Uhr morgens vor dem Billardsaal zu dröhnen und hielt das Dorf im Zentrum seines Traditionsfeldes so lange in der Schwebe, bis die drei energischen Abschlußschläge ertönten und von neuem Beklommenheit eintrat.

«Der Tod!» rief die Witwe Montiel, als sie sah, wie Türen und Fenster aufgingen und die Leute von allen Seiten zum Platz strömten. «Der Tod ist angekommen!»

Nachdem sie sich vom ersten Schrecken erholt hatte, öffnete sie die Balkonvorhänge und beobachtete den Polizisten, der sich mitten im Getümmel anschickte, die Bekanntmachung zu verlesen. Die Stille des Platzes war zu groß für die Stimme des Ausrufers. Obwohl die Witwe Montiel höchst aufmerksam zuhörte und die Hand wie eine Muschel hinters Ohr hielt, konnte sie kaum zwei Worte verstehen.

Niemand im Haus konnte ihr Auskunft geben. Die Bekanntmachung war mit dem üblichen autoritären Ritus verlesen worden, eine neue Ordnung herrschte in der Welt, sie aber fand niemanden, der sie verstanden hätte. Die Köchin erschrak über ihre Blässe.

«Was ist das für eine Bekanntmachung?»

«Das versuche ich gerade zu erfahren, aber niemand weiß etwas. Jedenfalls», fügte die Witwe hinzu, «hat, seit die Welt besteht, eine Bekanntmachung nie etwas Gutes gebracht.»

Die Köchin lief auf die Straße und kam mit Einzelheiten zurück. Ab sofort werde die Ausgangssperre wieder verhängt und zwar bis die Ursachen, die sie erforderlich machten, beseitigt seien. Niemand dürfe zwischen acht Uhr abends und fünf Uhr morgens auf die Straße gehen, außer, wenn er im Besitz eines vom Bürgermeister unterschriebenen und gestempelten Passierscheins war. Die Polizei habe Befehl, auf jeden Fußgänger, der nach dreimaliger Aufforderung nicht stehenbleibe, zu schießen. Der Bürgermeister persönlich werde Zivilisten benennen, die in Zusammenarbeit mit der Polizei nachts Patrouillen machen sollten.

Fingernägelkauend fragte die Witwe Montiel nach den Gründen für diese Maßnahme.

«Das stand nicht in der Bekanntmachung», erwiderte die Köchin. «Aber alle sagen: die Schmähschriften.»

«Mein Herz hat es mir gesagt», rief die Witwe erschrokken. «Der Tod wird in diesem Dorf gemästet.»

Sie ließ Señor Carmichael rufen. Einer Kraft gehorchend, die älter und ausgereifter war als ein bloßer Impuls, befahl sie, aus dem Lager die mit Messingnägeln beschlagene Ledertruhe, die José Montiel für seine einzige Reise ein Jahr vor seinem Tod gekauft hatte, zu holen und in ihr Schlafzimmer zu bringen. Sie nahm ein paar Kleider, Unterwäsche und Schuhe aus dem Schrank und legte alles hinein. Währenddessen hatte sie das Gefühl absoluter Ruhe, von der sie so oft geträumt hatte, und sah sich weit von diesem Dorf und diesem Haus, in einem Zimmer mit Kamin und einer kleinen Terrasse, wo sie in Kästen Majoran züchten würde, wo nur sie das Recht haben würde, sich an José Montiel zu erinnern und ihre einzige Sorge darin bestünde, auf die Montagnachmittage zu warten, um die Briefe ihrer Töchter zu lesen.

Sie hatte nur die unentbehrlichsten Kleidungsstücke, das Lederetui mit den Scheren, das Pflaster und das Jodfläschchen, das Nähzeug und den Schuhkarton mit dem Rosenkranz und den Gebetbüchern eingepackt, und schon quälte sie der Gedanke, daß sie mehr mitnahm, als Gott ihr verzeihen könne. Sie zog einen Strumpf über den Heiligen Raphael aus Gips, legte ihn vorsichtig zwischen ihre Kleider und schloß die Truhe ab.

Als Señor Carmichael kam, traf er sie in ihrem einfachsten Kleid an. Gleichsam als vielversprechendes Vorzeichen hatte Señor Carmichael an diesem Tag nicht seinen Regenschirm bei sich. Doch die Witwe bemerkte es nicht. Sie holte aus ihrer Tasche alle Schlüssel des Hauses, jeder mit einem maschinegeschriebenen Pappschild versehen, und übergab sie ihm mit den Worten:

«Ich lege José Montiels sündige Welt in Ihre Hände. Machen Sie damit, wozu Sie Lust haben.»

Señor Carmichael hatte diesen Augenblick seit langer Zeit befürchtet.

«Das heißt», forschte er, «Sie wollen irgendwohin reisen, bis das hier vorüber ist.»

Die Witwe erwiderte ruhig, aber entschieden:

«Ich gehe für immer.»
Señor Carmichael ließ sich seine Bestürzung nicht anmerken und schilderte ihr kurz die Lage. José Montiels Nachlaß sei nicht liquidiert worden. Viele der irgendwie erworbenen und aus Zeitmangel nicht ordnungsgemäß eingetragenen Vermögenswerte seien legal nicht geklärt. Solange man keine Ordnung in diese chaotischen Vermögensverhältnisse bringe, über die nicht einmal José Montiel in seinen letzten Jahren annähernd im Bilde gewesen war, sei es unmöglich, die Erbschaft abzuwickeln. Ihr ältester Sohn auf seinem Konsulatsposten in Deutschland und ihre beiden von den atemberaubenden Pariser Lustmärkten faszinierten Töchter müßten zurückkehren oder Bevollmächtigte ernennen, um ihre Rechte geltend zu machen. Vorher könne nichts verkauft werden.
Die jähe Erhellung des Labyrinths, in dem die Witwe Montiel sich seit zwei Jahren verirrt hatte, vermochte sie diesmal nicht zu bewegen.
«Es macht nichts», beharrte sie. «Meine Kinder sind in Europa glücklich und haben in diesem Land von Wilden, wie sie sagen, nichts mehr zu suchen. Wenn Sie wollen, Señor Carmichael, packen Sie alles, was Sie in diesem Haus finden, zu einem Bündel und werfen Sie es den Schweinen vor.»
Señor Carmichael widersprach nicht. Unter dem Vorwand, unbedingt noch etliches für die Reise vorbereiten zu müssen, ging er, den Arzt zu holen.

«Jetzt werden wir sehen, Guardiola, wie es mit deinem Patriotismus steht.»

Der Friseur und die Männer, die sich im Friseurladen unterhielten, hatten den Bürgermeister erkannt, bevor er in der Tür erschien. «Und mit eurem auch», fuhr er, auf die zwei Jüngsten deutend, fort. «Heute abend bekommt ihr das Gewehr, das ihr euch so sehr gewünscht habt, und wir werden sehen, ob ihr so undankbar seid, es auf uns zu richten.» Es war unmöglich, den herzlichen Ton seiner Worte mißzuverstehen.

«Ein Besen wäre besser», antwortete der Friseur. «Um Hexen zu jagen, gibt es kein besseres Gewehr als einen Besen.»

Er sah ihn nicht einmal an. Er rasierte dem ersten Kunden des Vormittags den Nacken und nahm den Bürgermeister nicht ernst. Erst als der Friseur sah, wie dieser in Erfahrung brachte, wer in der Gruppe Reservist und demnach fähig sei, ein Gewehr zu bedienen, begriff er, daß er tatsächlich einer der Auserwählten war.

«Stimmt es, Leutnant, daß Sie uns in diesen Mist hineinziehen wollen?»

«Verflucht», erwiderte der Bürgermeister. «Ihr bibbert ein Leben lang nach einem Gewehr, und jetzt, wo ihr es habt, könnt ihr es nicht glauben.»

Er stellte sich hinter den Friseur und konnte im Spiegel die ganze Gruppe überblicken. «Im Ernst», sagte er und wechselte in einen autoritären Tonfall über. «Heute abend um sechs melden sich die Reservisten der Klasse Eins auf der Polizeiwache.» Der Friseur fixierte ihn im Spiegel.

«Und wenn ich Lungenentzündung kriege?» fragte er.

«Die kurieren wir dir im Gefängnis», antwortete der Bürgermeister.

Der Plattenspieler im Billardsaal leierte einen sentimentalen Bolero. Der Saal war leer, aber auf einigen Tischen standen halbausgetrunkene Flaschen und Gläser.
«Jetzt», sagte Don Roque, als er den Bürgermeister eintreten sah, «ist der Mist perfekt. Ich muß um sieben zumachen.»
Der Bürgermeister ging direkt zum Saalende, wo sogar die Spieltische unbesetzt waren. Er öffnete die Tür zum Abort, warf einen Blick aufs Warenlager und ging zur Theke zurück. Als er am Billardtisch vorbeiging, hob er unvermittelt die darüber gebreitete Decke hoch und sagte: «Hört auf mit der Hosenscheißerei.»
Zwei Jungen krochen unter dem Tisch hervor und klopften sich den Staub von den Hosen. Einer von ihnen war blaß. Der andere, jüngere, hatte rote Ohren. Der Bürgermeister schob sie sanft zu den Tischen am Eingang.
«Ihr wißt ja», sagte er, «um sechs Uhr abends auf der Polizeiwache.»
Don Roque stand noch immer hinter der Theke.
«Bei diesem Mist», sagte er, «wird man zum Schmuggel übergehen müssen.»
«Es dauert nur zwei oder drei Tage», sagte der Bürgermeister.
An der Ecke holte ihn der Kinobesitzer ein. «Das hat mir noch gefehlt», schrie er. «Nach zwölf Glockenschlägen nun noch ein Trompetenstoß.» Der Bürgermeister klopfte ihm auf die Schulter und schickte sich zum Weitergehen an.
«Ich werde Sie enteignen», sagte er.
«Das können Sie nicht», antwortete der Kinobesitzer. «Das Kino ist kein öffentlicher Betrieb.»

«Im Ausnahmezustand», sagte der Bürgermeister, «kann sogar das Kino zum öffentlichen Betrieb erklärt werden.»
Jetzt erst schwand das Lächeln aus seinem Gesicht. Zwei Stufen nehmend, sprang er die Treppe zur Polizeiwache hinauf und, im ersten Stock angekommen, breitete er die Arme aus und lachte wieder.
«Scheiße!» rief er. «Sie auch?»
Nachlässig wie ein orientalischer Monarch saß der Zirkusdirektor in einem Klappstuhl hingegossen. Gedankenverloren rauchte er eine Seemannspfeife. Als befände er sich in seinem eigenen Haus, bot er dem Bürgermeister einen Platz an:
«Sprechen wir über Geschäfte, Leutnant.»
Der Bürgermeister schob einen Stuhl heran und setzte sich ihm gegenüber. Die Pfeife in der mit bunten Steinen geschmückten Hand haltend, machte der Zirkusdirektor eine geheimnisvolle Gebärde.
«Kann man ganz offen reden?»
Der Bürgermeister machte ein zustimmendes Zeichen.
«Das wußte ich, seit ich Sie beim Rasieren gesehen habe», sagte der Direktor. «Also gut: ich, der ich aus Gewöhnung Menschenkenner bin, weiß, daß diese Ausgangssperre für Sie...»
Der Bürgermeister musterte ihn in der festen Absicht, ihn hinzuhalten.
»... für mich hingegen, der ich bereits die Kosten für den Aufbau bezahlen mußte und siebzehn Personen und neun Raubtiere zu ernähren habe, bedeutet sie ganz einfach den Ruin.»
«Und nun?»

«Ich schlage vor», antwortete der Direktor, «daß Sie die Ausgangssperre auf elf festlegen und wir uns die Einnahmen aus der Abendvorstellung teilen.»
Der Bürgermeister lächelte wieder, ohne seine Haltung auf dem Stuhl zu ändern.
«Ich nehme an», sagte er, «es hat Sie kaum Mühe gekostet, im Dorf Leute zu finden, die mich einen Dieb nennen.»
«Es ist ein rechtmäßiges Geschäft», protestierte der Direktor.
Er merkte nicht, wann der Bürgermeister plötzlich wieder ernst wurde.
«Sprechen wir am Montag darüber», sagte der Leutnant vage.
«Bis Montag werde ich meine Haut verpfändet haben», antwortete der Direktor. «Wir sind sehr arm.»
Der Bürgermeister begleitete ihn zur Treppe, wobei er ihm sanft auf die Schulter klopfte. «Das brauchen Sie mir nicht zu erzählen», sagte er. «Ich kenne das Geschäft.» An der Treppe angelangt, sagte er tröstend:
«Schicken Sie mir Casandra heute nacht.»
Der Direktor wollte sich umdrehen, doch die Hand auf seiner Schulter übte einen entschlossenen Druck aus.
«Selbstverständlich», sagte er. «Das bekommen Sie als Zugabe.»
«Schicken Sie sie mir», drängte der Bürgermeister, «und wir sprechen uns morgen wieder.»

Señor Benjamin drückte mit den Fingerspitzen die Drahtgittertür auf, ging aber nicht ins Haus. Insgeheim verärgert, rief er:

«Die Fenster, Nora.»

Nora de Jacob – reiferen Alters, groß und mit einem Herrenhaarschnitt – ruhte im dämmrigen Wohnzimmer vor dem elektrischen Ventilator. Sie erwartete Señor Benjamin zum Mittagessen. Als sie den Ruf hörte, richtete sie sich schwerfällig auf und öffnete die vier auf die Straße gehenden Fenster. Eine Welle von Hitze strömte in das Wohnzimmer mit Wandkacheln, auf denen sich der gleiche eckige Königspfau unendlich viele Male wiederholte, und mit Sitzmöbeln, die mit geblümtem Stoff bezogen waren. Jede Einzelheit verriet ärmlichen Luxus.

«Was stimmt», fragte sie, «an dem, was die Leute reden?»

«Es wird viel geredet.»

«Über die Witwe Montiel», sagte Nora de Jacob deutlicher werdend. «Sie sagen, sie sei verrückt geworden.»

«Für mich ist sie schon lang verrückt», sagte Señor Benjamin. Und fügte ernüchtert hinzu: «Es ist so: heute morgen wollte sie sich vom Balkon stürzen.»

Auf dem von der Straße aus sichtbaren Tisch stand an beiden Enden je ein Gedeck. «Eine Strafe Gottes», sagte Nora de Jacob und klatschte in die Hände, damit das Essen aufgetragen wurde. Sie trug den elektrischen Ventilator ins Eßzimmer.

«Seit heute früh ist das Haus voller Leute», sagte Señor Benjamin.

«Eine gute Gelegenheit, es einmal von innen zu sehen», erwiderte Nora de Jacob.

Ein schwarzes Mädchen, den Kopf voll bunter Schleifen, trug die heiße Suppe auf. Der Duft des Huhns breitete sich im Zimmer aus, und die Temperatur wurde unerträglich.

Señor Benjamin band sich die Serviette um und sagte: «Mahlzeit.» Er versuchte, mit dem kochendheißen Löffel zu essen.

«Sei nicht albern, puste», sagte sie ungeduldig. «Zieh wenigstens die Jacke aus. Wegen deiner Skrupel, das Haus nicht bei geschlossenenen Fenstern zu betreten, kommen wir noch vor Hitze um.»

«Jetzt ist es unerläßlicher denn je», sagte er. «Niemand wird behaupten können, er habe nicht jede meiner Bewegungen von der Straße aus gesehen, wenn ich in deinem Haus bin.»

Lächelnd entblößte sie ihr wundervolles künstliches Gebiß mit dem siegellackroten Zahnfleisch. «Mach dich nicht lächerlich», rief sie. «Von mir aus können sie reden, was sie wollen.» Als sie die Suppe essen konnte, sprach sie in Abständen weiter:

«Ich könnte mir darüber Sorgen machen, was sie über Monica reden», schloß sie und bezog sich auf ihre fünfzehnjährige Tochter, die, seit sie ins Internat ging, in den Ferien nie mehr nach Hause gekommen war. «Aber über mich können sie nicht mehr sagen, als was alle Welt längst weiß.»

Señor Benjamin sah sie diesmal nicht wie sonst mißbilligend an. Schweigend aßen sie die Suppe, durch zwei Meter Tisch voneinander getrennt, die kürzeste Entfernung, die er sich, zumal in der Öffentlichkeit, je gestattet hätte. Vor zwanzig Jahren, als sie die Internatsschule besuchte, hatte er ihr lange konventionelle Briefe geschrieben, die sie auf Zetteln leidenschaftlich beantwortet hatte. Einmal während der Ferien hatte der völlig betrunkene Nestor Jacob sie bei einem Spaziergang durch die Felder an den Haaren in eine Koppelecke gezerrt und ihr bedingungslos erklärt: «Wenn du mich nicht heiratest, knalle ich dich ab.» Am Ende der Ferien heirateten sie. Zehn Jahre später trennten sie sich.

«Immerhin», sagte Señor Benjamin, «braucht man die Phantasie der Leute nicht mit geschlossenen Türen anzuregen.»

Nach dem Kaffee stand er auf. «Ich gehe», sagte er. «Mina wird schon verzweifelt sein.» An der Tür rief er, den Strohhut aufsetzend:

«Dieses Haus glüht.»

«Ich habe es dir gesagt», sagte sie.

Sie wartete, bis sie ihn vom äußersten Fenster aus mit einer Art Segnung winken sah. Dann trug sie den Ventilator ins Schlafzimmer, schloß die Tür ab und zog sich vollständig aus. Schließlich ging sie, wie immer nach dem Mittagessen, in das danebenliegende Bad und setzte sich, allein mit ihrem Geheimnis, aufs Klosett.

Viermal täglich sah sie Nestor Jacob am Haus vorübergehen. Jeder wußte, daß er mit einer anderen Frau zusammenlebte, mit der er vier Kinder hatte, als deren musterhafter Vater er galt. Während der vergangenen Jahre war er mehrmals mit den Kindern, jedoch niemals mit der Frau am Haus vorbeigekommen. Sie hatte gesehen, wie er abmagerte, alt und bleich wurde und sich in einen Fremden verwandelte, dessen einstige Intimität mit ihr sie nicht mehr begreifen konnte. Manchmal hatte sie ihn während ihrer einsamen Mittagsruhe heftig begehrt: doch nicht so, wie sie ihn am Haus vorübergehen sah, sondern wie er in der Zeit vor Monicas Geburt gewesen war, als ihr die kurze konventionelle Liebe noch nicht unerträglich geworden war.

Richter Arcadio schlief bis mittags. Deshalb erfuhr er von der Bekanntmachung erst, als er ins Büro kam. Sein Sekretär hingegen war seit acht Uhr in Aufregung, als der Bürgermeister ihn gebeten hatte, die Verordnung abzufassen.
«Jedenfalls», überlegte Richter Arcadio, nachdem er die Einzelheiten erfahren hatte, «ist sie ziemlich drastisch ausgefallen. Das war nicht nötig.»
«Es ist immer die gleiche Verordnung.»
«So ist es», gab der Richter zu. «Aber die Lage der Dinge hat sich geändert, und daher müssen sich auch die Formulierungen ändern. Die Leute bekommen sonst Angst.»
Trotzdem stellte er später im Billardsaal beim Kartenspiel fest, daß die Angst nicht das vorherrschende Gefühl war. Vielmehr bewegte alle eine allgemeine Siegesstimmung, weil sich bestätigte, was in aller Bewußtsein war: die Lage der Dinge hatte sich nicht geändert. Richter Arcadio konnte beim Verlassen des Billardsaals dem Bürgermeister nicht ausweichen.
«Die Schmähschriften hatten also keine Wirkung», sagte er. «Die Leute sind glücklich.»
Der Bürgermeister nahm ihn beim Arm. «Es wird nichts gegen die Leute unternommen», sagte er. «Es ist eine reine Routineangelegenheit.» Die Gespräche beim Gehen

brachten Richter Arcadio zur Verzweiflung. Der Bürgermeister schritt energisch aus, als habe er wichtige Maßnahmen zu ergreifen, und merkte erst nach langem Gehen, daß er nirgendwohin ging.

«Das wird nicht ewig dauern», fuhr er fort. «Bis Sonntag haben wir den Schelm mit seinen Zetteln im Käfig. Ich weiß nicht warum, aber es kommt mir so vor, als ob es eine Frau ist.»

Richter Arcadio glaubte nicht daran. Obschon er die Informationen seines Sekretärs nur oberflächlich zur Kenntnis nahm, war er zu dem allgemeinen Schluß gelangt: die Schmähschriften waren nicht das Werk einer einzelnen Person. Sie schienen keinem richtigen Plan zu gehorchen. In den letzten Tagen tauchten einige in neuer Gestalt auf: als Zeichnungen.

«Möglicherweise ist es weder ein Mann noch eine Frau», schloß Richter Arcadio. «Womöglich sind es verschiedene Männer und Frauen, und jeder handelt selbständig.»

«Machen Sie nicht alles noch komplizierter, Richter», sagte der Bürgermeister. «Sie sollten wissen, daß bei jedem Mist, auch wenn mehrere Personen beteiligt sind, immer einer der Schuldige ist.»

«Das hat Aristoteles gesagt, Leutnant», erwiderte Richter Arcadio. Und fügte überzeugt hinzu: «Jedenfalls finde ich die Maßnahme unsinnig. Einfach weil die, die Schmähschriften ankleben, bis nach der Ausgangssperre warten werden.»

«Das macht nichts», sagte der Bürgermeister. «Schließlich und endlich muß das Autoritätsprinzip gewahrt bleiben.»

Nach und nach trafen die Rekruten in der Polizeiwache

ein. Der kleine Innenhof mit den hohen, von getrocknetem Blut und Kugeleinschlägen gesprenkelten Betonmauern erinnerte an die Zeiten, als es noch nicht genügend Zellen gab und die Häftlinge im Freien untergebracht worden waren. An diesem Abend schlenderten die Polizisten unbewaffnet und in Unterhosen durch die Korridore.
«Rovira», rief der Bürgermeister von der Tür her. «Bring den Knaben was zu Trinken.»
Der Polizist kleidete sich langsam an.
«Rum?» fragte er.
«Sei nicht blöd», schrie der Bürgermeister auf dem Weg in sein kugelsicheres Amtszimmer. «Was Eisgekühltes.»
Die Rekruten saßen ringsum im Hof und rauchten. Richter Arcadio beobachtete sie von der Veranda des zweiten Stocks aus.
«Sind das Freiwillige?»
«Sonst noch was», sagte der Bürgermeister. «Ich mußte sie unter den Betten vorholen, als seien sie eingezogen worden.»
Richter Arcadio sah kein einziges unbekanntes Gesicht.
«Sie kommen mir vor, als wären sie von der Opposition gemustert», sagte er.
Beim Öffnen der schweren Stahltüren drang ihnen aus dem Arbeitszimmer Eiseskälte entgegen. «Das bedeutet, daß sie gute Kämpfer sind», lächelte der Bürgermeister, nachdem er in seiner Privatfestung Licht gemacht hatte. In einer Ecke stand ein Feldbett, auf einem Stuhl eine Karaffe mit einem Glas und unter dem Bett ein Nachttopf. An den kahlen Betonwänden lehnten Gewehre und Maschinenpistolen. Die einzige Belüftungsmöglichkeit des Raums

waren zwei schmale Oberlichter, durch die man den Hafen und die zwei Hauptstraßen überblicken konnte. Am anderen Ende stand neben dem Panzerschrank der Schreibtisch.
Der Bürgermeister bediente die Kombination.
«Das ist noch gar nichts», sagte er. «Ich werde ihnen allen Gewehre geben.»
Hinter ihnen trat der Polizist ein. Der Bürgermeister gab ihm mehrere Geldscheine und sagte: «Bring noch für jeden zwei Päckchen Zigaretten mit.» Als sie wieder allein waren, wandte er sich erneut an Richter Arcadio.
«Was halten Sie von dem ganzen Mist?»
Der Richter erwiderte nachdenklich:
«Ein unnötiges Risiko.»
«Die Leute werden den Mund nicht mehr zukriegen», sagte der Bürgermeister. «Außerdem werden die armen Jungens kaum mit den Gewehren umzugehen wissen.»
«Vielleicht sind sie etwas durcheinander», gab der Richter zu. «Aber das dauert nicht lange.»
Er gab sich Mühe, ein flaues Gefühl im Magen zu unterdrücken. «Seien Sie vorsichtig, Leutnant», überlegte er. «Damit Sie nicht alles verderben.» Der Bürgermeister zog ihn mit einer rätselhaften Handbewegung aus dem Arbeitszimmer.
«Seien Sie kein Angsthase, Richter», raunte er ihm ins Ohr. «Sie kriegen doch nur Platzpatronen.»
Als sie in den Innenhof kamen, brannte schon Licht. Die Rekruten tranken Limonade unter den schmutzigen elektrischen Glühbirnen, gegen die die Schmeißfliegen stießen. Den Hof voller Regenpfützen von einem Ende

zum anderen durchschreitend, erklärte der Bürgermeister ihnen väterlich, wie ihr Einsatz in dieser Nacht aussah: sie würden paarweise an den wichtigsten Ecken postiert, mit dem Befehl, auf jede Person, ob Mann oder Frau, zu schießen, die nach dreimaligem Rufen nicht stehenbleibe. Er empfahl ihnen Mut und Vorsicht. Nach Mitternacht bekämen sie zu essen. Der Bürgermeister hoffte, daß mit Gottes Hilfe alles ohne Zwischenfälle verlaufen und das Dorf diesen behördlichen Aufwand für den sozialen Frieden zu würdigen wissen werde.

Als es vom Turm acht zu schlagen begann, stand Pater Angel vom Tisch auf. Er schaltete im Innenhof das Licht aus, legte den Riegel vor und schlug über dem Brevier ein Kreuz: «Im Namen Gottes». In einem fernen Innenhof sang eine Rohrdommel. Im kühlen Gang bei den mit dunklen Tüchern verhangenen Vogelkäfigen dösend, hörte die Witwe Asís den zweiten Glockenschlag und fragte ohne die Augen zu öffnen: «Ist Roberto schon da?» Ein an der Türschwelle kauerndes Dienstmädchen erwiderte, daß er seit sieben Uhr ruhe. Kurz vorher hatte Nora de Jacob das Radio leiser gestellt und ergötzte sich an der zarten Musik, die von einem behaglichen sauberen Ort zu kommen schien. Eine Stimme, zu entfernt, um wirklich sein zu können, rief am Horizont einen Namen, und die Hunde begannen zu bellen.

Der Zahnarzt hatte die Nachrichten nicht zu Ende gehört. Als ihm einfiel, daß Angela unter der Glühbirne im Innenhof ein Kreuzworträtsel löste, trug er ihr, ohne sie anzusehen, auf: «Schließ das Tor und mach im Zimmer weiter.» Erschrocken fuhr seine Frau aus dem Schlaf hoch. Roberto Asís, der sich tatsächlich um sieben zur Ruhe gelegt hatte, stand auf, um durch das halbgeöffnete Fenster auf den Platz zu schauen, und sah nur die dunklen Mandelbäume und auf dem Balkon der Witwe Asís das letzte Licht erlöschen. Seine Frau schaltete die Nachttischlampe an und nötigte ihn flüsternd, sich hinzulegen. Ein einziger Hund bellte noch nach dem fünften Glockenschlag weiter.

In der stickigen, mit leeren Blechbüchsen und verstaubten Flaschen vollgestopften Kammer schnarchte Don Lalo Moscote, die aufgeschlagene Zeitung auf dem Bauch und die Brille auf der Stirn. Seine gelähmte Frau erzitterte bei der Erinnerung an ebensolche Nächte und verjagte mit einem Lappen die Moskitos, während sie in Gedanken die Stunden zählte. Nach den fernen Rufen, dem Hundegebell und dem verstohlenen Gerenne trat nun Ruhe ein.

«Achte darauf, daß Koramin dabei ist», sagte Doktor Giraldo seiner Frau, die vor dem Schlafengehen Medikamente für die erste Hilfe in die Arzttasche packte. Sie dachten beide an die Witwe Montiel, die nach der letzten Dosis Luminal wie eine Tote schlief. Nur Don Sabas hatte nach einer langen Unterredung mit Señor Carmichael jedes Zeitgefühl verloren. Er war noch im Büro, wo er auf der Waage das Frühstück für den nächsten Morgen wog, als der siebente Glockenschlag ertönte und seine Frau mit zerzaustem Haar aus dem Schlafzimmer kam. Der Fluß stand still. «In einer Nacht wie dieser», murmelte jemand im Dunkeln in dem Augenblick, als der achte Glockenschlag tief und unwiederruflich verhallte, und etwas, das erst fünfzehn Sekunden vorher zu glimmen begonnen hatte, gänzlich erlosch.

Doktor Giraldo schloß das Buch, bis das Trompetensignal für die Ausgangssperre verhallt war. Seine Frau stellte die Arzttasche auf den Nachttisch, legte sich mit dem Gesicht zur Wand nieder und löschte ihre Lampe. Der Arzt öffnete das Buch, las aber nicht. Beide atmeten ruhig, allein in einem Dorf, das die übermäßige Stille auf die Größenverhältnisse einer Schlafkammer verringert hatte.

«Woran denkst du?»

«An nichts», antwortete der Arzt.

Ab elf konnte er sich nicht mehr konzentrieren und blätterte zurück zu der Seite, die er gelesen hatte, gerade als es acht schlug. Er knickte eine Ecke des Blattes und legte das Buch auf den Schreibtisch. Seine Frau schlief. Früher hatten sie bis zum Morgengrauen wachgelegen und versucht, Ort und Begleitumstände der Schüsse zu bestimmen. Oft war der Lärm der Stiefelsohlen und Waffen bis vor ihre Haustür gelangt, und beide hatten im Bett sitzend auf den Bleihagel gewartet, der die Tür zerschmettern würde. Nächtelang, nachdem sie gelernt hatten, die unendlichen Schattierungen des Schreckens zu unterscheiden, wachten sie, den Kopf aufs Kissen gedrückt, das vollgestopft war mit zur Verteilung bestimmten illegalen Flugblättern. Einmal hörten sie im Morgengrauen vor der Tür des Sprechzimmers die gleichen stillschweigenden Vorbereitungen, die einer Serenade vorausgehen, und dann die müde Stimme des Bürgermeisters: «Dort nicht. Der mischt sich in nichts ein.» Doktor Giraldo löschte die Lampe und versuchte einzuschlafen.

Nach Mitternacht begann es zu nieseln. Der Friseur und ein Rekrut, die an der Hafenecke postiert waren, verließen ihren Standort und stellten sich unter das Vordach von Señor Benjamins Laden. Der Friseur zündete sich eine Zigarette an und untersuchte im Schein des Streichholzes das Gewehr. Die Waffe war neu.

«*Made in USA*», sagte er.

Sein Kamerad zündete mehrere Streichhölzer an, als er die Marke seines Karabiners suchte, konnte sie aber nicht finden. Vom Vordach klatschten Tropfen auf den Gewehrkolben und verursachten ein hohles Geräusch. «So ein seltener Mist», murmelte er und wischte die Tropfen mit dem Ärmel ab. «Hier stehen wir, jeder mit seinem Gewehr, und werden naß.» Außer dem Geräusch des Wassers auf dem Vordach war in dem lautlosen Dorf nichts zu hören.

«Wir sind neun», sagte der Friseur. «Sie sind sieben, der Bürgermeister mitgezählt, aber drei davon sind in der Polizeiwache eingesperrt.»

«Vor einer Sekunde habe ich das gleiche gedacht», sagte der andere.

Die Taschenlampe des Bürgermeisters tauchte sie in grausame Helligkeit, wie sie da an der Wand kauerten, bemüht, die Waffen vor den Tropfen zu schützen, die wie Schrotkugeln auf ihren Schuhen zerplatzten. Sie erkannten ihn, als er die Lampe ausmachte und unter das Dach trat. Er trug einen Soldatenregenmantel und hatte eine Maschinenpistole umgehängt. Ein Polizist begleitete ihn. Nachdem der Bürgermeister auf die Uhr gesehen hatte, die er am rechten Armgelenk trug, befahl er dem Polizisten:

«Geh auf die Wache und sieh nach, was die Verpflegung macht.»
Mit dem gleichen Nachdruck hätte er einen Kampfbefehl erteilen können. Der Polizist verschwand im Regen. Der Bürgermeister setzte sich neben die Rekruten auf den Boden.
«Was tut sich?» fragte er.
«Nichts», antwortete der Friseur.
Der andere bot dem Bürgermeister eine Zigarette an, bevor er seine eigene anzündete. Der Bürgermeister lehnte ab.
«Bis wann sollen wir das mitmachen, Leutnant?»
«Ich weiß nicht», sagte der Bürgermeister. «Vorläufig bis zum Schluß der Ausgangssperre. Mal sehen, was morgen los ist.»
«Bis fünf!» rief der Friseur.
«Stell dir vor», sagte der andere. «Wo ich seit vier Uhr morgens auf bin.»
Das Gebell einer Hundemeute drang durch das Rauschen des Regens zu ihnen. Der Bürgermeister wartete, bis der Radau verstummt war und nur vereinzeltes Bellen übrigblieb. Mit niedergeschlagenem Gesichtsausdruck wandte er sich an den Rekruten.
«Das sagen Sie mir, wo ich mich ein halbes Lebensalter mit diesem Mist abgebe», sagte er. «Ich falle um vor Müdigkeit.»
«Für nichts», sagte der Friseur. «Das hat weder Hand noch Fuß. Sieht aus wie Weiberkram.»
«Das glaube ich langsam selber», seufzte der Bürgermeister.

Der Polizist kehrte mit der Auskunft zurück, man wolle mit der Essensausgabe warten, bis der Regen aufgehört habe. Dann berichtete er folgendes: eine Frau, die man ohne Passierschein angetroffen habe, erwarte den Bürgermeister in der Polizeiwache.

Es war Casandra. Sie schlief in einem Gummicape im Klappstuhl in dem kleinen Raum, den die schwache Balkonlampe beleuchtete. Der Bürgermeister hielt ihr mit Zeigefinger und Daumen die Nase zu. Sie gab einen Klagelaut von sich, fuhr entsetzt auf und öffnete die Augen.

«Ich habe geträumt», sagte sie.

Der Bürgermeister machte im Wohnzimmer Licht. Sich die Augen mit den Händen beschattend, rekelte die Frau sich verdrossen, während ihn eine Sekunde der Anblick ihrer silberlackierten Fingernägel und die rasierten Achselhöhlen peinlich berührte.

«Du bist unverschämt», sagte sie. «Ich bin seit elf hier.»

«Ich habe dich in meinem Schlafzimmer erwartet», entschuldigte sich der Bürgermeister.

«Ich hatte keinen Passierschein.»

Ihr vor zwei Nächten noch kupferfarbenes Haar war silbergrau. «Das hatte ich schon ganz vergessen», lächelte der Bürgermeister und setzte sich, nachdem er den Regenmantel aufgehängt hatte, auf einen Stuhl neben sie. «Hoffentlich haben sie nicht gedacht, daß du diejenige bist, die die Zettel anklebt.» Die Frau hatte ihre ungezwungene Art wiedergefunden.

«Hoffentlich», erwiderte sie. «Ich liebe starke Erregungen.»

Plötzlich wirkte der Bürgermeister in dem Raum wie verloren. Hilflos knackte er mit den Fingergelenken und murmelte: «Du mußt mir einen Gefallen tun.» Sie sah ihn forschend an.
«Ganz unter uns», fuhr der Bürgermeister fort, «ich möchte, daß du die Karten legst, um rauszukriegen, wer das ist, der diesen Mist fabriziert.»
Sie wandte das Gesicht ab. «Ich verstehe», sagte sie nach kurzem Schweigen. Der Bürgermeister drängte weiter:
«Ich tue es vor allem euretwegen.»
Sie nickte.
«Ich habe sie bereits gelegt», sagte sie.
Der Bürgermeister konnte seine Angst nicht beherrschen.
«Es ist höchst seltsam», fuhr Casandra berechnend melodramatisch fort. «Die Zeichen waren so klar, daß ich Angst bekam, als sie vor mir auf dem Tisch lagen.» Sogar ihr Atmen war berechnend.
«Wer ist es?»
«Es ist das ganze Dorf und niemand.»

Die Söhne der Witwe Asís kamen am Sonntag zur Messe. Es waren sieben, Roberto Asís nicht mitgezählt. Sie waren alle wie aus einem Guß: korpulent und roh, in ihrer Bereitschaft zur Schwerarbeit lag etwas Maultierhaftes, der Mutter waren sie in blindem Gehorsam ergeben. Roberto Asís, der Jüngste und als einziger verheiratet, hatte mit seinen Brüdern nur den Höcker auf der Nase gemeinsam. Mit seiner zarten Gesundheit und seinem höflichen Wesen war er für die Witwe Asís wie ein Trostpreis für die vergeblich ersehnte Tochter.

In der Küche, wo die sieben Asís die Lasttiere abgeladen hatten, ging die Witwe wie auf einer Schneise zwischen Hühnern mit zusammengebundenen Füßen, Gemüse und Käse und dunklen Brotlaiben und Fässern mit Pökelfleisch hin und her und gab den Dienstboten Anweisungen. Als wieder Ordnung in der Küche war, befahl sie, von allem das Beste für Pater Angel auszuwählen.

Der Pfarrer rasierte sich gerade. Hin und wieder streckte er die Hand in den Innenhof hinaus und befeuchtete sich das Kinn mit Regenwasser. Er war fast fertig, als zwei barfüßige Mädchen, ohne anzuklopfen, die Tür aufstießen und mehrere reife Ananasfrüchte, reifende Bananen,

Brotlaibe, Käse und einen Korb mit Gemüse und frischen Eiern vor ihm ausleerten.

Pater Angel zwinkerte ihnen zu. «Das ist ja Onkel Kaninchens Traum», sagte er. Die jüngere der beiden Mädchen zeigte großäugig mit dem Finger auf ihn:

«Ein Pater rasiert sich auch!»

Die andere schob sie zur Tür. «Was glaubst du denn?» lächelte der Pfarrer und fügte ernst hinzu: «Wir sind auch Menschen.» Dann betrachtete er die auf dem Boden liegenden Lebensmittel und stellte fest, daß nur das Haus Asís zu solcher Großzügigkeit fähig war.

«Richtet den Jungen aus», schrie er ihnen nach, «Gott wird es ihnen mit Gesundheit lohnen.»

Pater Angel, der in vierzig Jahren Priesterdasein nicht gelernt hatte, die Unruhe zu beherrschen, die feierlichen Handlungen vorausgeht, räumte das Rasierzeug fort, ohne sich fertig rasiert zu haben. Dann hob er die Lebensmittel vom Boden auf, stopfte sie unter den Schrank und ging, sich die Hände an der Soutane abwischend, in die Sakristei.

Die Kirche war voll. Zwei von den Asís gestiftete und mit Namensplaketten aus Messing versehene Bankreihen nahe der Kanzel waren von der Familie nebst Mutter und Schwägerin besetzt. Als sie zum ersten Mal seit Monaten gemeinsam das Gotteshaus betraten, schien es, als seien sie beritten. Christobal Asís, der Älteste, vor einer halben Stunde von der Viehweide angekommen, hatte keine Zeit zum Rasieren gehabt und trug Reitstiefel mit Sporen. Der Anblick dieses Bergriesen schien die öffentliche, nie bestätigte Auffassung zu bekräftigen, daß César Montero ein heimlicher Sohn des alten Adalberto Asís sei.

In der Sakristei ärgerte sich Pater Angel: der liturgische Ornat war nicht an seinem Platz. Der Ministrant traf ihn an, wie er kopflos Schubladen durchwühlte und mit sich selber haderte.
«Ruf Trinidad», befahl ihm der Pater, «und frage, wohin sie die Stola gelegt hat.»
Er hatte vergessen, daß Trinidad seit Sonnabend krank war. Der Ministrant meinte, sie habe sicherlich ein paar Sachen zum Ausbessern mitgenommen. Daher zog Pater Angel den für Seelenmessen bestimmte Ornat an. Er konnte sich nicht konzentrieren. Als er ungeduldig und heftig atmend die Kanzel bestieg, wußte er, daß die in den vergangenen Tagen gereiften Argumente nun nicht mehr so viel Überzeugungskraft haben würden wie in der Einsamkeit seines Schlafzimmers.
Er sprach zehn Minuten. Er stolperte über Wörter, und überrumpelt von einem Wust von Gedanken, die nicht in das vorgefaßte Muster paßten, entdeckte er die von ihren Söhnen umrahmte Witwe Asís. Ihm war, als erkenne er sie Jahrhunderte später auf einem verblichenen Familienfoto wieder. Nur Rebeca Asís, die ihrer prachtvollen Büste mit dem Sandelholzfächer Kühlung zuwehte, kam ihm menschlich und wirklich vor. Pater Angel beendigte die Predigt, ohne mit einem Wort unmittelbar auf die Schmähschriften eingegangen zu sein.
Die Witwe Asís saß minutenlang wie erstarrt, nahm heimlich erbittert ihren Ehering ab und setzte ihn wieder auf, während die Messe weiterging. Dann bekreuzigte sie sich, stand auf und verließ, von ihren Söhnen lärmend gefolgt, durch das Mittelschiff das Gotteshaus.

An einem Morgen wie diesem hatte Doktor Giraldo den inneren Mechanismus des Selbstmords begriffen. Es nieselte lautlos, im Nachbarhaus pfiff der Gilbvogel und seine Frau sprach, während er sich die Zähne putzte.
«Sonntage sind seltsam», sagte sie, den Frühstückstisch deckend. «Als wären sie gevierteilt aufgehängt: sie riechen nach rohem Tierfleisch.»
Der Arzt schraubte den Apparat zusammen und begann, sich zu rasieren. Er hatte feuchte Augen und geschwollene Lider. «Du schläfst schlecht», sagte seine Frau. Und fügte mit sanfter Bitterkeit hinzu: «Eines Sonntags wachst du auf und bist alt.» Sie hatte einen abgetragenen Morgenrock an und den Kopf voller Lockenwickler.
«Tu mir einen Gefallen», sagte er, «und sei still.»
Sie ging in die Küche, stellte den Topf auf den Herd, und während sie wartete, daß der Kaffee kochte, hörte sie das Pfeifen des Gilbvogels und einen Augenblick später das Rauschen der Dusche. Darauf ging sie ins Schlafzimmer und legte für ihren Mann die frische Wäsche bereit, die er nach dem Bad vorfinden sollte. Als sie das Frühstück auftrug und ihn fertig zum Ausgehen sah, kam er ihr in der Khakihose und dem Sporthemd etwas jünger vor.
Sie frühstückten schweigend. Gegen Schluß musterte er sie aufmerksam und liebevoll. Sie trank ihren Kaffee mit gesenktem Kopf und zitterte leicht vor Ärger.
«Es ist die Leber», entschuldigte er sich.
«Nichts rechtfertigt Hochmut», antwortete sie, ohne den Kopf zu heben.
«Ich muß vergiftet sein», sagte er. «Bei diesem Regen schwillt die Leber.»

«Du sagst immer dasselbe», verbesserte sie. «Aber du unternimmst nie etwas. Wenn du nicht aufpaßt», fügte sie hinzu, «wirst du dich selbst aufgeben müssen.»
Er schien es selbst zu glauben. «Im Dezember», sagte er, «werden wir bereits vierzehn Tage auf See sein.» Er betrachtete den Nieselregen durch die Rauten des Holzgitters, welches das Eßzimmer von dem durch das anhaltende Oktoberwetter trostlosen Innenhof trennte und fügte hinzu: «Dann werden wir mindestens vier Monate keinen solchen Sonntag haben.» Sie stellte die Teller aufeinander, bevor sie sie in die Küche trug. Als sie ins Eßzimmer zurückkehrte, hatte er schon den Strohhut auf und packte die Arzttasche.
«Die Witwe Asís ist also schon aus der Kirche zurück», sagte er.
Seine Frau hatte es ihm vor dem Zähneputzen erzählt, er war jedoch nicht darauf eingegangen.
«Dieses Jahr war es schon das dritte Mal», bestätigte sie. «Anscheinend hat sie keine bessere Unterhaltung gefunden.»
Der Arzt zeigte seine strenge Zahnreihe.
«Die Reichen sind wahnsinnig.»
Einige aus der Kirche gekommene Frauen waren bei der Witwe Montiel zu Besuch. Der Arzt begrüßte die im Wohnraum Versammelten. Lachendes Gemurmel folgte ihm zum Treppenabsatz. Bevor er an der Tür klopfte, bemerkte er, daß sich zwei weitere Frauen im Schlafzimmer befanden. Jemand rief ihn herein.
Die Witwe Montiel saß mit aufgelöstem Haar im Bett und hielt sich das Leintuch vor die Brust. Ein Spiegel und ein Hornkamm lagen in ihrem Schoß.

«Sie haben also beschloßen, auch auf das Fest zu gehen», sagte der Arzt zu ihr.
«Sie feiert ihren fünfzehnten Geburtstag», sagte eine der Frauen.
«Den achtzehnten», verbesserte die Witwe Montiel mit traurigem Lächeln. Sie streckte sich wieder aus und deckte sich bis zum Hals zu. «Natürlich», fügte sie gut gelaunt hinzu, «ist kein einziger Mann eingeladen. Zuallerletzt Sie, Doktor: ein schlechtes Zeichen.»
Der Arzt legte den nassen Strohhut auf die Kommode. «Sie haben recht», sagte er, die Kranke mit nachdenklichem Wohlwollen betrachtend. «Ich stelle fest, daß es hier für mich nichts zu tun gibt.» Dann, der Gruppe zugewandt, entschuldigte er sich:
«Sie gestatten?»
Als sie mit ihm allein war, nahm die Witwe Montiel wieder den bitteren Ausdruck der Kranken an. Aber der Arzt schien es nicht zu bemerken. Er sprach im gleichen vergnügten Ton weiter, während er aus der Arzttasche Gegenstände auf den Nachttisch legte.
«Bitte, Doktor», flehte die Witwe, «keine Spritzen mehr. Ich bin schon das reinste Sieb.»
«Spritzen», lächelte der Arzt, «sind die beste Erfindung, um Ärzte zu ernähren.»
Sie lächelte auch.
«Glauben Sie mir», sagte sie und tastete über dem Leintuch ihr Gesäß ab. «Alles ist schon ganz faul. Ich darf mich gar nicht berühren.»
«Dann berühren Sie sich nicht», sagte der Arzt.
Jetzt lächelte sie freimütig.

«Seien Sie ernst, auch wenn Sonntag ist, Doktor».

Der Arzt entblößte ihren Arm, um den Blutdruck zu messen.

«Der Arzt hat es mir verboten», sagte er. «Es ist schlecht für die Leber.»

Während er den Blutdruck maß, beobachtete die Witwe mit kindlicher Neugier die Skala des Meßgerätes. «Das ist die sonderbarste Uhr, die ich in meinem Leben gesehen habe», sagte sie. Der Arzt blieb auf den Zeiger konzentriert, bis er aufhörte, den Gummiball zu drücken.

«Sie ist die einzige, die genau anzeigt, wann man aufstehen darf», sagte er.

Als er die Schläuche des Meßgeräts zusammenrollte, beobachtete er eingehend das Gesicht der Kranken. Er stellte ein Fläschchen mit weißen Tabletten auf den Nachttisch, von denen sie alle zwölf Stunden eine nehmen sollte. «Wenn Sie keine Spritzen mehr möchten», sagte er, «bekommen Sie keine Spritzen mehr. Ihnen geht es besser als mir.» Die Witwe machte eine ungeduldige Handbewegung.

«Ich hatte nie etwas.»

«Das glaube ich», erwiderte der Arzt, «aber man erfindet manches, zur Rechtfertigung der Rechnung.»

Den Kommentar übergehend, fragte die Witwe:

«Muß ich weiter liegenbleiben?»

«Im Gegenteil», sagte der Arzt. «Ich verbiete es Ihnen ausdrücklich. Gehen Sie ins Wohnzimmer hinunter und widmen Sie sich Ihren Gästen, wie es sich gehört.» «Außerdem», fügte er boshaft hinzu, «gibt es allerhand zu besprechen.»

«Um Gottes Willen, Doktor», rief sie aus, «seien Sie nicht geschwätzig. Sie sind wohl der Schmähschriftenkleber.»
Doktor Giraldo gefiel der Einfall. Beim Hinausgehen warf er einen verstohlenen Blick auf die Ledertruhe mit den Messingnägeln, die reisefertig in einer Ecke des Schlafzimmers stand.
«Und bringen Sie mir etwas mit», rief er von der Tür aus, «wenn Sie von Ihrer Weltreise zurückkommen.» Die Witwe hatten geduldig wieder begonnen, sich zu frisieren.
«Selbstverständlich, Doktor.»
Sie ging nicht ins Wohnzimmer hinunter. Sie blieb im Bett, bis der letzte Gast gegangen war. Dann kleidete sie sich an. Señor Carmichael traf sie vor der halboffenen Balkontür an, wo sie etwas aß.
Sie erwiderte seinen Gruß, ohne den Blick vom Balkon zu wenden. «Im Grunde», sagte sie, «gefällt mir die Frau: sie ist tapfer.» Auch Señor Carmichael sah zum Haus der Witwe Asís hinüber, dessen Fenster und Türen sich um elf noch nicht geöffnet hatten.
«Es liegt in ihrer Natur», sagte er. «Mit solch einem Leib, aus dem lauter Männer stammen, kann man nicht anders sein.» Seine Aufmerksamkeit auf die Witwe Montiel richtend, fügte er hinzu: «Auch Sie sind wie eine Rose.»
Sie schien es ihm mit der Frische ihres Lächelns zu bestätigen. «Wissen Sie was?» fragte sie. Und angesichts von Señor Carmichaels Unentschlossenheit nahm sie die Antwort vorweg:
«Doktor Giraldo ist überzeugt davon, daß ich wahnsinnig bin.»
«Was Sie nicht sagen!»

Die Witwe nickte. «Es würde mich nicht wundern», fuhr sie fort, «wenn er schon mit Ihnen darüber gesprochen hätte, wie man mich ins Irrenhaus schafft.» Señor Carmichael wußte nicht, wie er sich aus der Affäre ziehen sollte. «Ich habe den ganzen Morgen nicht das Haus verlassen», sagte er.

Er ließ sich in den weichen Ledersessel neben dem Bett fallen. Die Witwe erinnerte sich an José Montiel, der fünfzehn Minuten bevor er starb, vom Gehirnschlag in diesen Sessel niedergestreckt worden war. «In diesem Fall», sagte sie, die böse Erinnerung verscheuchend, «lasse ich ihn vielleicht heute nachmittag rufen.» Und mit strahlendem Lächeln schweifte sie ab:

«Haben Sie mit meinem Gevatter Sabas gesprochen?»

Señor Carmichael nickte.

Er hatte tatsächlich am Freitag und am Sonnabend bei Don Sabas sondiert, um dessen Reaktion auf den möglichen Verkauf von José Montiels Erbe zu erforschen. Don Sabas – schätzte Señor Carmichael – schien kaufbereit. Die Witwe hörte ohne ein Zeichen von Ungeduld zu. Wenn nicht am nächsten Mittwoch, dann am darauffolgenden, räumte sie mit geruhsamer Entschiedenheit ein. In jedem Fall war sie entschlossen, das Dorf vor Ende Oktober zu verlassen.

Der Bürgermeister zog den Revolver blitzartig mit der linken Hand. Bis zum letzten Muskel seines Körpers schußbereit, erwachte er vollkommen und erkannte Richter Arcadio.

«Scheiße!»
Richter Arcadio stand wie versteinert.
«Machen Sie mir keinen solchen Mist mehr», sagte der Bürgermeister und steckte den Revolver ein. Er sank zurück in seinen Segeltuchstuhl. «Mein Gehör funktioniert besser, wenn ich schlafe.»
«Die Tür stand offen», sagte Richter Arcadio.
Der Bürgermeister hatte vergessen, sie im Morgengrauen zu schließen. Er war so müde gewesen, daß er in den Stuhl gesunken und sofort eingeschlafen war.
«Wie spät ist es?»
«Gegen zwölf», sagte Richter Arcadio. In seiner Stimme zitterte eine Saite nach.
«Ich bin todmüde», sagte der Bürgermeister. Sich unter anhaltendem Gähnen räkelnd, hatte er den Eindruck, die Zeit sei stehengeblieben. Trotz seines Eifers und der durchwachten Nächte hörten die Schmähschriften nicht auf. An diesem frühen Morgen hatte er ein an seine Schlafzimmertür geklebtes Papier entdeckt: «Verschwenden Sie kein Pulver an Aasgeier, Leutnant.» Auf der Straße erzählte man sich laut, die an den nächtlichen Patrouillen Beteiligten selbst brächten die Schmähschriften an, um sich während der langweiligen Nachtwache zu zerstreuen. Das Dorf – so glaubte der Bürgermeister – lache sich tot.
«Raffen Sie sich auf», sagte Richter Arcadio. «Wir wollen eine Kleinigkeit essen.»
Aber er hatte keinen Hunger. Er wollte noch eine Stunde schlafen und ein Bad nehmen, bevor er ausging. Richter Arcadio hingegen, frisch und sauber, ging zum Mittagessen nach Hause. Er war im Vorbeigehen, und da die

Schlafzimmertür offenstand, eingetreten, weil er den Bürgermeister um einen Passierschein bitten wollte, um sich nach der Ausgangssperre frei bewegen zu können.
Der Leutnant sagte einfach: «Nein.» Dann schlug er zu seiner Rechtfertigung den Mittelweg ein:
«Es wird Ihnen bekommen, ruhig zu Hause zu bleiben.»
Richter Arcadio zündete sich eine Zigarette an. Er betrachtete die Streichholzflamme in Erwartung, daß sein Zorn sich legte, doch es fiel ihm keine Erwiderung ein.
«Nehmen Sie es mir nicht übel», fuhr der Bürgermeister fort. «Glauben Sie mir, ich würde gern mit Ihnen tauschen, mich um acht Uhr abends ins Bett legen und aufstehen, wann ich Lust hätte.»
«Gewiß», sagte der Richter. Und fügte betont ironisch hinzu: «Das einzige, was mir noch fehlte, wäre mit fünfunddreißig einen neuen Papa zu bekommen.»
Er hatte ihm den Rücken zugekehrt und schien vom Balkon aus den regenschweren Himmel zu betrachten.
Der Bürgermeister schwieg peinlich lange. Dann sagte er scharf:
«Richter!» Richter Arcadio drehte sich zu ihm um, und beide sahen sich in die Augen. «Ich werde Ihnen den Passierschein nicht geben. Verstehen Sie?»
Der Richter kaute auf seiner Zigarette und wollte etwas sagen, aber er unterdrückte es. Der Bürgermeister hörte ihn langsam die Treppe hinuntergehen. Plötzlich beugte er sich vor und rief:
«Richter!»
Es kam keine Antwort.
«Wir bleiben Freunde», rief der Bürgermeister.

Auch diesmal erhielt er keine Antwort.
In Erwartung einer Reaktion von Richter Arcadio blieb er vornübergebeugt stehen, bis die Tür ins Schloß fiel und er mit seinen Erinnerungen wieder allein war. Er machte keine Anstrengung zu schlafen. Am hellichten Tag übernächtigt, saß er in einem Dorf fest, das Jahre, nachdem er dessen Geschicke in die Hand genommen hatte, weiter undurchschaubar und fremd war. An dem Morgen, als er mit einem alten verschnürten Pappkoffer und dem Befehl, das Dorf um jeden Preis zu unterwerfen, heimlich an Land gegangen war, war er derjenige gewesen, der gewußt hatte, was Terror war. Sein einziger Rückhalt war ein Brief an einen obskuren Regierungsanhänger, den er am darauffolgenden Tag in Unterhosen vor einer Reismühle sitzend antraf. Mit Hilfe von dessen Anweisungen und der Erbarmungslosigkeit der drei ihn begleitenden, gedungenen Totschläger hatte er die Aufgabe durchführen können. An diesem Nachmittag jedoch, ohne das unsichtbare Spinnennetz zu bemerken, in das die Zeit ihn verstrickt hatte, hätte ein blitzartiger Scharfblick genügt, um sich die Frage zu stellen, wer wen unterdrückte.
Mit offenen Augen träumte er bis kurz nach vier vor dem regengepeitschten Balkon. Dann badete er, zog die Felduniform an und ging zum Frühstück ins Hotel. Später nahm er in der Polizeiwache die übliche Inspektion vor und plötzlich fand er sich mit den Händen in den Taschen plan- und ziellos an einer Ecke stehen.
Der Besitzer des Billardsaals sah ihn, die Hände immer noch in den Taschen, gegen Abend hereinkommen. Er begrüßte ihn aus dem Hintergrund des leeren Lokals, doch der Bürgermeister antwortete nicht.

«Eine Flasche Mineralwasser», sagte er.

Die Flaschen in der Eiskiste klirrten, als sie in Bewegung gebracht wurden.

«Eines Tages», sagte der Besitzer, «wird man Sie operieren müssen und feststellen, daß die Leber voller Bläschen ist.»

Der Bürgermeister betrachtete sein Glas. Er trank einen Schluck, rülpste, stützte die Ellbogen auf die Theke, heftete den Blick auf sein Glas und rülpste wieder. Der Platz war menschenleer.

«Na», sagte der Bürgermeister. «Was tut sich so?»

«Heute ist Sonntag», sagte der Besitzer.

«Ah!»

Er legte eine Münze auf die Theke und ging, ohne sich zu verabschieden. An der Ecke des Platzes kam jemand daher, als schleppte er einen gewaltigen Schwanz hinter sich her und sagte etwas zu ihm, das er nicht verstand. Kurz darauf reagierte er. Verwirrt begriff er, daß etwas im Gange war, und wandte sich zur Polizeiwache. Er sprang die Treppen hinauf, ohne die Menschenansammlung vor der Tür zu beachten. Ein Polizist kam ihm entgegen. Er überreichte ihm ein Blatt Papier; ein kurzer Blick genügte, um zu wissen, worum es sich handelte.

«Er hat sie auf dem Hahnenkampfplatz verteilt», sagte der Polizist.

Der Bürgermeister rannte den Gang entlang. Er öffnete die erste Zelle und, die Hand am Riegel, spähte er ins Dunkel, bis er sehen konnte: es war ein Junge von etwa zwanzig Jahren mit einem scharfgeschnittenen, grämlichen und pockennarbigen Gesicht. Er trug eine Baseballmütze und eine Brille mit getönten Gläsern.

«Wie heißt du?»
«Pepe.»
«Pepe was?»
«Pepe Amador.»
Der Bürgermeister beobachtete ihn einen Augenblick lang und versuchte sich zu erinnern. Der Junge saß auf dem Betonpodest, das den Gefangenen als Bett diente. Er wirkte ruhig. Er nahm die Brille ab, putzte sie am Hemdzipfel und sah den Bürgermeister mit zusammengekniffenen Augen an.
«Wo haben wir uns schon gesehen?» fragte der Bürgermeister.
«Hier», sagte Pepe Amador.
Der Bürgermeister tat keinen Schritt in die Zelle. Er sah den Gefangenen weiter nachdenklich an und schloß langsam die Tür.
«Gut, Pepe», sagte er. «Ich glaube, du sitzt in der Scheiße.»
Er schob den Riegel vor, steckte den Schlüssel in die Tasche und ging in sein Zimmer, wo er immer wieder das Flugblatt las.
Er setzte sich vor die geöffnete Balkontür, und während in den ausgestorbenen Straßen die Lichter angingen, erschlug er mit der flachen Hand Mücken. Dieser Abendfriede war ihm bekannt. Vor Jahren schon hatte er in einer solchen abendlichen Stimmung den Machtrausch in seiner ganzen Fülle ausgekostet.
«Da sind sie also wieder», sagte er laut.
Sie waren wieder da. Wie früher waren sie beidseitig hektographiert; durch den unbestimmbar beklemmenden Geruch von Untergrund waren sie überall und jederzeit zu erkennen.

Lange Zeit überlegte er in der Finsternis, das Blatt Papier zusammen- und auseinanderfaltend, bis er einen Entschluß faßte. Schließlich steckte er es in die Tasche und berührte dabei die Zellenschlüssel.
«Rovira», rief er.
Der Polizist seines Vertrauens tauchte aus dem Dunkeln auf. Der Bürgermeister übergab ihm die Schlüssel.
«Nimm dich dieses Jungen an», sagte er. «Versuche ihn dazu zu bringen, daß er dir die Namen derjenigen nennt, die das illegale Propagandamaterial ins Dorf bringen. Falls du es im Guten nicht schaffst», betonte er, «dann bring ihn auf jede andere Art zum Reden.»
Der Polizist erinnerte ihn daran, daß er in dieser Nacht Streifendienst habe.
«Vergiß es», sagte der Bürgermeister. «Du kümmerst dich bis auf weitere Befehle um nichts anderes. Und noch etwas», fügte er, einer Inspiration gehorchend, hinzu: «Schicke die Männer aus dem Innenhof fort. Heute nacht ist kein Streifendienst.»
Er rief die drei Polizisten, die auf seinen Befehl untätig in der Wache herumsaßen, in sein kugelsicheres Arbeitszimmer. Er ließ sie die Uniformen anziehen, die er im Schrank unter Verschluß hielt. Inzwischen sammelte er auf dem Tisch die Platzpatronen wieder ein, die er an die Männer vom Streifendienst verteilt hatte, und holte aus dem Stahlschrank eine Handvoll scharfer Munition.
«Heute nacht übernehmt ihr die Streife», sagte er, die Gewehre prüfend, um ihnen die besten aushändigen zu können. «Ihr habt nichts weiter zu tun, als den Leuten bewußt zu machen, daß ihr unterwegs seid.» Als alle

bewaffnet waren, verteilte er die Munition. Er baute sich vor ihnen auf.
«Aber hört gut zu», empfahl er ihnen. «Den ersten, der Blödsinn macht, lasse ich an der Wand des Innenhofs erschießen.» Er wartete auf eine Antwort, die nicht kam. «Verstanden?»
Die drei Männer – zwei mit indianischem Einschlag und gewöhnlichem Aussehen und ein blonder Riese mit durchsichtigen blauen Augen – hatten bei den letzten Worten ihre Patronentaschen mit Geschossen gefüllt. Die drei standen stramm.
«Verstanden, Herr Leutnant.»
«Und noch etwas», sagte der Bürgermeister und ging zu einem umgänglicheren Ton über. «Die Asís sind im Dorf, und es wäre nichts Besonderes, wenn ihr einen von ihnen träfet, betrunken und auf Radau aus. Jedenfalls komme was wolle, ihr legt euch nicht mit ihm an.» Auch diesmal blieb die erwartete Reaktion aus. «Verstanden?»
«Verstanden, Herr Leutnant.»
«Also, ihr wißt Bescheid», schloß der Bürgermeister. «Nehmt eure fünf Sinne zusammen.»

Beim Abschließen der Kirche nach dem Beten des Rosenkranzes, das er wegen der Ausgangssperre eine Stunde vorverlegt hatte, roch Pater Angel Fäulnis. Es stank mit einemmal, was ihn nicht weiter beschäftigte. Als er sich später zum Abendessen Bananenscheiben briet und Milch wärmte, entdeckte er die Ursache des Geruchs. Die seit Sonnabend kranke Trinidad hatte die toten Mäuse nicht entfernt. So ging er zurück in das Gotteshaus, öffnete und reinigte die Fallen und ging dann zu Mina, die zwei Straßen weiter wohnte.

Toto Visbal öffnete selbst die Tür. In der dämmrigen Stube standen mehrere Lederhocker herum, an die Wände waren Lithographien genagelt, Minas Mutter und die blinde Großmutter tranken ein heißes, aromatisches Getränk aus Tassen. Mina verfertigte künstliche Blumen.

«Seit fünfzehn Jahren», sagte die Blinde, «haben wir Sie in diesem Haus nicht mehr gesehen, Pater.»

Es stimmte. Jeden Nachmittag ging er an dem Fenster vorüber, hinter dem Mina Papierblumen herstellte, aber nie trat er ein.

«Die Zeit vergeht geräuschlos», sagte er. Und um zu verstehen zu geben, daß er es eilig hatte, wandte er sich an Toto Visbal: «Ich möchte Sie darum bitten, Mina zu erlauben, daß sie sich ab morgen um die Fallen kümmert. Trinidad», erklärte er Mina, «ist seit Sonnabend krank.»

Toto Visbal gab sein Einverständnis.

«Lauter Zeitverschwendung», warf die Blinde ein. «Schließlich und endlich geht die Welt dieses Jahr unter.»

Minas Mutter legte ihr die Hand aufs Knie, um sie zum Schweigen zu bewegen. Die Blinde schob die Hand weg.

«Gott straft den Aberglauben», sagte der Pfarrer.

«Es steht geschrieben», sagte die Blinde: «Blut wird durch die Straßen rinnen und keines Menschen Kraft vermag es aufzuhalten.»

Der Pater warf ihr einen mitleidigen Blick zu: sie war sehr alt, übermäßig blaß, und ihre toten Augen schienen das Geheimnis der Dinge zu durchdringen.

«Wir werden in Blut baden», spottete Mina.
Jetzt drehte Pater Angel sich zu ihr um. Mit ihrem tiefschwarzen Haar und der blassen Haut der Blinden sah er sie aus einem Wolkengewirr von Bändern und buntem Papier tauchen. Das wirkte wie ein allegorisches Bild auf einem Schulfest.
«Und du», sagte er, «arbeitest sonntags.»
«Ich habe es ihr gesagt», warf die Blinde ein. «Glühende Asche wird auf ihr Haupt regnen.»
«Die Not hat ein Hundegesicht», lächelte Mina.
Da der Pfarrer immer noch stand, schob Toto Visbal einen Stuhl näher und bat ihn wieder, sich zu setzen. Er war ein gebrechlicher Mann, der sich vor Schüchternheit hastig bewegte.
«Danke», lehnte Pater Angel ab. «Mich erwischt sonst die Ausgangssperre auf der Straße.» Er bemerkte die tiefe Stille im Dorf und fügte hinzu: «Es kommt mir so vor, als wäre es schon nach acht.»
Nun erfuhr er es: Nachdem die Zellen fast zwei Jahre lang leergestanden hatten, saß Pepe Amador im Gefängnis, und das Dorf war der Gnade dreier Verbrecher ausgeliefert. Die Leute hatten sich schon um sechs Uhr in ihre Häuser verkrochen.
«Seltsam.» Pater Angel schien mit sich selbst zu sprechen. «So etwas ist doch einfach unsinnig.»
«Früher oder später mußte es so kommen», sagte Toto Visbal. «Das ganze Land ist mit Spinnweben geflickt.»
Er begleitete den Pater zur Tür.
«Haben Sie die illegalen Flugblätter nicht gesehen?»
Der Pater blieb verblüfft stehen.

«Wieder?»
«Im August», warf die Blinde ein, «werden die drei Tage der Finsternis kommen.»
Mina streckte den Arm aus und reichte ihr eine angefangene Blume. «Sei still», sagte sie. «Mach hier weiter.»
Die Blinde erkannte die Blume durch die Berührung.
«Sie sind also wieder da», sagte der Pater.
«Seit einer Woche ungefähr», sagte Toto Visbal. «Hier war plötzlich auch eines, ohne daß man wußte, wer es gebracht hat. Sie wissen, wie das ist.»
Der Pfarrer nickte.
«Es steht drin, daß alles weitergeht wie früher», fuhr Toto Visbal fort. «Die Regierung hat gewechselt, sie hat Frieden und Rechte versprochen und anfangs hat alle Welt daran geglaubt. Aber die Beamten sind dieselben geblieben.»
«Und das stimmt», warf Minas Mutter ein. «Wieder haben wir Ausgangssperre und diese drei Verbrecher auf der Straße.»
«Aber eine Neuigkeit gibt es», sagte Toto Visbal: «Jetzt steht drin, daß sich im Landesinnern wieder Guerillas gegen die Regierung organisieren.»
«All das steht geschrieben», sagte die Blinde.
«Es ist absurd», sagte der Pfarrer nachdenklich. «Man muß anerkennen, daß sich die Einstellung geändert hat. Oder zumindest», verbesserte er sich, «sich bis heute abend geändert hatte.»
Doch Stunden später fragte er sich schlaflos in der Hitze unter dem Moskitonetz, ob in den neunzehn Jahren, seit er die Pfarrei übernommen hatte, die Zeit wahrhaftig weitergegangen war. Unmittelbar vor seinem Haus hörte

er den Lärm von Stiefeln und Waffen, der früher den Gewehrsalven vorausgegangen war. Nur, daß sich diesmal die Stiefel entfernten, eine Stunde später wiederkamen und sich von neuem entfernten, ohne daß Schüsse fielen. Qualvoll müde von der durchwachten Nacht und der Hitze bemerkte er bald, daß seit einer Weile die Hähne krähten.

Mateo Asís versuchte, die Uhrzeit nach dem Schrei der Hähne zu bestimmen. Schließlich fand er in die Wirklichkeit zurück.
«Wie spät ist es?»
Nora de Jacob streckte im Dunkeln den Arm aus und nahm die Leuchtzifferuhr vom Nachttisch. Die Antwort, die sie noch nicht ausgesprochen hatte, machte sie hellwach.
«Halb fünf», sagte sie.
«Scheiße!»
Mateo Asís sprang aus dem Bett. Aber die Kopfschmerzen und der Belag im Mund dämpften seinen Schwung. In der Dunkelheit suchte er mit den Füßen seine Schuhe.
«Der Tag hätte mich fast eingeholt», sagte er.
«Wie gut», sagte sie. Sie knipste das Lämpchen an und bemerkte wieder seine höckrige Wirbelsäule und den blassen Hintern. «Du hättest bis morgen hier eingesperrt bleiben müssen.»
Sie war nackt. Ein Leintuchzipfel bedeckte kaum ihr Geschlecht. Seit das Licht brannte, hatte auch ihre Stimme jede sanfte Dreistigkeit verloren.
Mateo Asís zog sich die Schuhe an. Er war groß und

massig. Nora de Jacob empfing ihn seit zwei Jahren gelegentlich, fühlte sich aber irgendwie frustriert, weil sie das Verhältnis mit einem Mann, der in ihren Augen schon erwähnenswert gewesen wäre, geheimhalten mußte.
«Wenn du nicht aufpaßt, wirst du dick», sagte sie.
«Das ist das gute Leben», erwiderte er und versuchte sein Unbehagen zu verbergen. Und fügte lächelnd hinzu: «Ich muß schwanger sein.»
«Hoffentlich», sagte sie. «Wenn Männer Kinder kriegten, wären sie weniger rücksichtslos.»
Mateo Asís hob das Präservativ mit der Unterhose vom Boden auf und warf es im Bad ins Klosett. Als er sich wusch, versuchte er, nicht tief zu atmen: Jeder Geruch am Morgen war ihr Geruch. Als er ins Schlafzimmer zurückkam, saß sie im Bett.
«Eines Tages», sagte Nora de Jacob, «werde ich diese Heimlichtuerei leid sein und allen alles erzählen.»
Bevor er nicht vollständig angezogen war, sah er sie nicht an. Sie dachte an ihre schlaffen Brüste und bedeckte sich, während sie weitersprach, mit dem Leintuch bis zum Hals.
«Ich sehe schon», fuhr sie fort, «daß wir auch in Zukunft nicht im Bett frühstücken und bis nachmittags hier bleiben können. Ich bringe es fertig und klebe mir selbst eine Schmähschrift an.»
Er lachte laut.
«Das gibt dem kleinen alten Benjamin den Rest», sagte er. «Was wird dann?»
«Stell dir vor», sagte sie, «er wartete darauf, daß Nestor Jacob stirbt.»

Sie sah ihn an der Tür zum Abschied winken. «Versuch Heilig Abend zu kommen», sagte sie. Er versprach es. Auf Zehenspitzen überquerte er den Innenhof und trat durch das Tor auf die Straße. Eiskalter Tau fiel, der ihm kaum die Haut benetzte. Als er auf den Platz gelangte, empfing ihn ein Ruf.

«Halt!»

Eine Taschenlampe blitzte vor seinen Augen auf. Er wandte das Gesicht ab.

«Ach, verflucht!» sagte der hinter dem Licht unsichtbare Bürgermeister. «Sieh mal, wen wir da gefunden haben. Gehst du oder kommst du?»

Er knipste die Lampe aus, und Mateo Asís sah ihn in Begleitung von drei Polizisten. Sein Gesicht war frischgewaschen, und die Maschinenpistole hing ihm quer über dem Rücken.

«Ich komme», sagte Mateo Asís.

Der Bürgermeister trat näher, um unter der Straßenlaterne auf seine Uhr zu sehen. Es war zehn Minuten vor fünf. Mit einer Handbewegung befahl er den Polizisten, die Ausgangssperre zu beenden. Unschlüssig blieb er stehen, bis der Trompetenstoß, der das Morgengrauen trostlos erscheinen ließ, verklungen war. Dann entließ er die Polizisten und begleitete Mateo Asís über den Platz.

«Das wäre geschafft», sagte er. «Der Zettelmist ist vorbei.» Weniger Befriedigung als Müdigkeit lag in seiner Stimme.

«Habt ihr ihn?»

«Noch nicht», sagte der Bürgermeister. «Aber ich habe die letzte Runde hinter mir und kann versichern, daß heute zum ersten Mal kein einziger Zettel aufgetaucht ist. Es kam einfach darauf an, nicht locker zu lassen.»

Am Haustor angekommen, ging Mateo Asís voraus, um die Hunde an die Kette zu legen. Die Dienstmädchen räkelten sich in der Küche. Als der Bürgermeister eintrat, wurde er vom Gebell der angeketteten Hunde empfangen, das dann einen Augenblick später von den Tritten und dem Schnaufen friedfertiger Tiere abgelöst wurde. Die Witwe Asís fand sie auf der Brüstung des Küchenbalkons sitzend und Kaffee trinken. Es war hell geworden.

«Ein Frühaufsteher», sagte die Witwe, «ist ein guter Gemahl, aber ein schlechter Ehemann.»

Trotz ihrer guten Laune verriet ihr Gesicht die Qual einer durchwachten Nacht. Der Bürgermeister erwiderte ihren Gruß. Er hob die Maschinenpistole vom Boden auf und hängte sie sich über die Schulter.

«Trinken Sie soviel Kaffee, wie Sie möchten, Leutnant», sagte die Witwe, «aber bringen Sie mir keine Flinten ins Haus.»

«Im Gegenteil», lächelte Mateo Asís. «Du solltest sie dir für den Gang zur Messe ausleihen. Findest du nicht?»

«Ich brauche diesen Krempel nicht, um mich zu verteidigen», erwiderte die Witwe. «Die Göttliche Vorsehung ist auf unserer Seite. Die Asís», fügte sie ernst hinzu, «waren schon Leute Gottes, als es meilenweit im Umkreis noch keine Priester gab.»

Der Bürgermeister verabschiedete sich. «Man muß auch schlafen», sagte er. «Das ist kein Leben für Christenmenschen.» Er bahnte sich einen Weg durch Hühner und Enten und Truthähne, die langsam das Haus bevölkerten. Die Witwe verscheuchte die Tiere. Mateo Asís trat ins Schlafzimmer, badete, wechselte die Kleidung und ging wieder hinaus, um sein Maultier zu satteln. Seine Brüder waren im Morgengrauen aufgebrochen.

Die Witwe Asís war mit den Vogelkäfigen beschäftigt, als ihr Sohn im Innenhof erschien.

»Komm zur Besinnung», sagte sie. »Seine Haut retten ist eines, und Abstand halten können etwas anderes.»

«Er ist nur auf ein Tässchen Kaffee mitgekommen», sagte Mateo Asís. «Wir unterhielten uns und kamen hierher, fast ohne es zu merken.»

Er stand am Ende des Gangs und sah seine Mutter an, aber sie hatte sich beim Sprechen nicht umgewandt. Es schien, als spreche sie mit den Vögeln. «Ich sage dir nur das», erwiderte sie. «Bring mir keine Mörder ins Haus.» Als sie die Käfige versorgt hatte, wandte sie sich unmittelbar an ihren Sohn:

»Und du, wo bist du gewesen?»

Richter Arcadio glaubte an jenem Morgen Unglückszeichen in den winzigen Begebenheiten zu entdecken, die das Leben eines jeden Tages ausmachen. «Ich kriege Kopfschmerzen», sagte er und versuchte, seiner Frau sein Unbehagen zu erklären. Es war ein sonniger Morgen. Der Fluß hatte seit Wochen zum ersten Mal sein bedrohliches Aussehen und seinen Geruch nach rohen Fellen verloren. Richter Arcadio ging zum Friseurladen.

«Die Gerechtigkeit hinkt», empfing ihn der Friseur, «und kommt doch ans Ziel.»

Der Fußboden war mit Petroleum eingerieben, die Spiegel mit Bleiweiß bepinselt. Der Friseur polierte sie mit einem

Lappen, während Richter Arcadio es sich im Stuhl bequem machte.
«Es sollte keine Montage geben», sagte der Richter.
Der Barbier hatte begonnen, ihm die Haare zu schneiden.
«Der Sonntag ist schuld», sagte er. «Gäbe es keinen Sonntag», erläuterte er, «wäre es auch nicht Montag.»
Richter Arcadio schloß die Augen. Nach zehn Stunden Schlaf, einem stürmischen Liebesakt und einem ausgedehnten Bad war dem Sonntag diesmal nichts vorzuwerfen. Dennoch war der Montag bedrückend. Als die Turmuhr neun schlug und die Glockenschläge dem Nähmaschinensurren im Nebenhaus wichen, erschauderte der Richter wegen eines neuen Zeichens: die Stille auf den Straßen.
«Das ist ein Gespensterdorf», sagte er.
«Ihr habt es so gewollt», sagte der Friseur. «Früher hätte ich Montag vormittags um diese Zeit mindestens fünf Haarschnitte hinter mir. Heute beschert mir Gott nur Sie.»
Richter Arcadio öffnete die Augen und warf im Spiegel einen kurzen Blick auf den Fluß. «Ihr», wiederholte er. Und fragte:
«Wer sind wir?»
«Ihr», zögerte der Friseur. «Vor euch war das Dorf so beschissen wie alle anderen, aber jetzt ist es das allerschlimmste.»
«Du erzählst mir das nur», antwortete der Richter, «weil du weißt, daß ich nichts damit zu tun habe. Würdest du dich trauen», fragte er ohne Schärfe, «dem Leutnant dasselbe zu sagen?»

Der Friseur gab zu, daß er es nicht tun würde.
«Sie wissen nicht», sagte er, «was es heißt, jeden Morgen mit der Gewißheit aufzustehen, daß sie einen umbringen und daß zehn Jahre vergangen sind, ohne daß sie einen umgebracht haben.»
«Ich weiß es nicht», gestand Richter Arcadio, «und will es auch nicht wissen.»
«Tun Sie, was Sie können», sagte der Friseur, «um es nie zu erfahren.»
Der Richter senkte den Kopf. Nach längerem Schweigen fragte er: «Weißt du was, Guardiola?» Ohne auf die Antwort zu warten, fuhr er fort: «Der Leutnant versackt im Dorf. Und jeden Tag versackt er tiefer, weil er ein Vergnügen entdeckt hat, bei dem es kein Zurück gibt: langsam und leise wird er reich.» Da der Friseur stumm zuhörte, schloß er:
«Ich wette mit dir, daß kein Toter mehr auf sein Konto kommt.»
«Glauben Sie?»
«Ich wette mit dir hundert gegen eins», beharrte Richter Arcadio. «Für ihn gibt es im Augenblick kein besseres Geschäft als den Frieden.»
Der Friseur beendete schweigsam den Haarschnitt, schob den Stuhl zurück und wechselte das Tuch. Als er endlich sprach, lag eine Spur Unsicherheit in seiner Stimme.
«Sonderbar, daß ausgerechnet Sie das sagen», sagte er, «und daß Sie es mir sagen.»
Hätte seine Stellung es ihm erlaubt, Richter Arcadio hätte mit den Achseln gezuckt.
«Ich sage es nicht zum ersten Mal», erläuterte er.

«Der Leutnant ist Ihr bester Freund», sagte der Friseur. Er hatte die Stimme gesenkt, eine gespannte, vertrauliche Stimme. In seine Arbeit vertieft, zeigte er den gleichen Gesichtsausdruck wie jemand, der eine Unterschrift leistet und nicht gewöhnt ist zu schreiben.

«Sag mal, Guardiola», fragte Richter Arcadio halb feierlich. «Was hältst du von mir?»

Der Friseur hatte angefangen, ihn zu rasieren. Er überlegte einen Augenblick, bevor er antwortete.

«Bis jetzt», sagte er, «habe ich gedacht, daß Sie ein Mann sind, der weiß, daß er weggeht, und der weggehen will.»

«Das kannst du weiterdenken», lächelte der Richter.

Er ließ sich mit derselben dumpfen Gleichgültigkeit rasieren, mit der er sich hätte köpfen lassen. Er hielt die Augen geschlossen, während der Friseur ihm das Kinn mit einem Alaunstein rieb, puderte und den Puder mit einem seidenweichen Haarpinsel entfernte. Als er ihm das Tuch vom Hals nahm, schob er ihm ein Papier in die Hemdtasche.

«In einem irren Sie sich, Richter», sagte er. «Es wird in diesem Land Ärger geben.»

Richter Arcadio vergewisserte sich, daß sie allein im Laden waren. Die brennende Sonne, das Surren der Nähmaschine in der Stille um halbzehn, der unumgängliche Montag wiesen ihn auf etwas weiteres hin: es schien, als befänden sie sich allein im Dorf. Er zog das Papier aus der Tasche und las. Der Barbier kehrte ihm den Rücken zu, um den Frisiertisch aufzuräumen.

«Zwei Jahre lang Reden», zitierte er aus dem Gedächtnis. «Und noch immer derselbe Ausnahmezustand, dieselbe

Pressezensur, dieselben Beamten.» Als er im Spiegel sah, daß Richter Arcadio zu Ende gelesen hatte, sagte er: «Bringen Sie es in Umlauf.»

Der Richter steckte das Papier wieder in die Tasche.

«Du hast Mut», sagte er.

«Wenn ich mich je in einer Person geirrt hätte», sagte der Friseur, «wäre ich schon vor Jahren mit Blei gespickt worden.» Dann fügte er mit ernster Miene hinzu: «Und erinnern Sie sich an eines, Richter: das hält niemand mehr auf.»

Beim Verlassen des Friseurladens hatte Richter Arcadio einen trockenen Gaumen. Im Billardsaal bestellte er zwei doppelte Schnäpse, und nachdem er sie hintereinander ausgetrunken hatte, wußte er, daß bis zu seinem Ende noch viel Zeit war. Auf der Universität hatte er an einem Ostersamstag eine Pferdekur an sich ausprobiert: er war völlig nüchtern in den Abort einer Bar gegangen, hatte sich Schießpulver auf einen Schanker geschüttet und es angesteckt.

Beim vierten Schnaps verringerte Don Roque das Quantum. «Bei diesem Tempo», lächelte er, «wird man Sie wie einen Stierkämpfer auf den Schultern raustragen.» Der Richter lächelte mit den Lippen, seine Augen blieben wie erloschen. Eine halbe Stunde später ging er in den Abort, urinierte und warf vor dem Weggehen das Flugblatt ins Klosett.

Als er zur Theke zurückkehrte, bemerkte er die Flasche neben dem Glas, an dem der Flüssigkeitsstand mit einem Farbstrich markiert war. «Das ist alles für Sie», sagte Don Roque und fächelte sich langsam. Sie waren allein im

Lokal. Richter Arcadio goß sich das Glas halbvoll und trank ohne Eile. «Wissen Sie was?» fragte er. Und da Don Roque kein Anzeichen machte, daß er verstanden hätte, sagte er:
«Es wird Ärger geben.»

Don Sabas wog auf der Waage seine Vogelportion Mittagessen ab, als ihm Señor Carmichaels erneuter Besuch angekündigt wurde.
«Sag ihm, ich schlafe», flüsterte er seiner Frau ins Ohr. Und tatsächlich schlief er zehn Minuten später. Als er erwachte, war die Luft wieder trocken und das Haus gelähmt von der Hitze. Es war nach zwölf.
«Was hast du geträumt?» fragte ihn seine Frau.
«Nichts.»
Sie hatte gewartet, bis ihr Mann von selbst erwachte. Einen Augenblick später kochte die Kanüle, und Don Sabas spritzte sich Insulin in den Oberschenkel.
«Seit bald drei Jahren träumst du nichts», sagte die Frau nachträglich enttäuscht.
«Zum Teufel», rief er. «Was willst du eigentlich? Man kann doch nicht absichtlich träumen.»
Jahre vorher hatte Don Sabas während des kurzen Mittagschlafs von einer Eiche geträumt, die statt Blüten Rasiermesser trieb. Seine Frau hatte den Traum gedeutet und in der Lotterie einen Teilgewinn erzielt.
«Wenn heute nicht, dann morgen», sagte sie.
«Weder heute noch morgen», erwiderte Don Sabas ungeduldig. «Ich träume nicht, damit du Unsinn machst.»

Er legte sich wieder ins Bett, während seine Frau das Zimmer aufräumte. Alle Arten schneidender und stechender Gegenstände waren aus dem Raum verbannt worden. Nach einer halben Stunde richtete sich Don Sabas, jede Hektik vermeidend, im Zeitlupentempo auf und begann, sich anzukleiden.

«Ach», fragte er. «Was hat Carmichael gesagt?»

«Daß er später wiederkommt.»

Sie sprachen erst weiter, als sie am Tisch saßen. Don Sabas pickte an seiner langweiligen Krankendiät herum. Sie nahm ein vollständiges Mittagessen zu sich, dessen Anblick allein viel zu üppig war für ihre zerbrechliche Gestalt und ihren schmachtenden Gesichtsausdruck. Nach längerem Nachdenken entschloß sie sich zu der Frage:

«Was will Carmichael?»

Don Sabas hob nicht einmal den Kopf.

«Was wird er wollen? Kies.»

«Das habe ich mir gedacht», seufzte die Frau und fuhr mitleidig fort: «Armer Carmichael: seit Jahren fließen Ströme von Geld durch seine Hände, aber er lebt von der öffentlichen Wohlfahrt.» Beim Sprechen verging ihr langsam der Appetit.

«Gib ihm, Sabitas», flehte sie. «Gott lohnt es dir.» Sie kreuzte das Besteck auf dem Teller und fragte neugierig:

«Wieviel braucht er?»

«Zweihundert Pesos», erwiderte Don Sabas ungerührt.

«Zweihundert Pesos!»

«Stell dir vor!»

Im Gegensatz zum Sonntag, der Don Sabas' geschäftigster Tag war, verliefen seine Montagnachmittage immer ruhig.

Er konnte vor dem elektrischen Ventilator dösend Stunden im Büro verbringen, während auf seinen Weiden das Vieh gedieh, fett wurde und sich mehrte. An diesem Nachmittag jedoch war ihm kein Augenblick der Ruhe vergönnt.
«Es ist die Hitze», sagte die Frau.
Don Sabas farblose Pupillen zeigten einen Funken von Gereiztheit. In dem engen Büro mit seinem alten Holzschreibtisch, vier Ledersesseln und in den Ecken aufgestapeltem Zaumzeug waren die Rolläden heruntergelassen, und die Luft war warm und stickig.
«Kann sein», sagte er. «Im Oktober war es noch nie so heiß.»
«Vor fünfzehn Jahren, als wir die gleiche Hitze hatten, kam das Erdbeben», sagte seine Frau. «Erinnerst du dich?»
«Ich erinnere mich nicht», sagte Don Sabas zerstreut. «Du weißt, daß ich mich nie an etwas erinnere. Außerdem», fügte er schlechtgelaunt hinzu, «ist mir nicht danach, über Mißgeschick zu reden.»
Er schloß die Augen, kreuzte die Arme über dem Bauch und tat, als schliefe er. «Wenn Carmichael kommt», brummelte er, «sag ihm, ich bin nicht da.» Ein flehentlicher Ausdruck verwandelte das Gesicht seiner Frau.
«Du bist bösartig», sagte sie.
Aber er sagte nichts mehr. Sie verließ das Büro, ohne beim Schließen der Drahtgittertür das geringste Geräusch zu verursachen. Am späten Nachmittag öffnete Don Sabas, nachdem er richtig geschlafen hatte, die Augen und sah wie die Fortsetzung eines Traums den auf sein Erwachen wartenden Bürgermeister vor sich sitzen.

«Ein Mann wie Sie», lächelte der Leutnant, «sollte nicht bei offener Tür schlafen.»
Don Sabas verriet mit keiner Bewegung sein Erschrecken.
«Ihnen», sagte er, «stehen die Türen meines Hauses immer offen.»
Er streckte den Arm nach der Klingel aus, doch der Bürgermeister hinderte ihn durch eine Geste daran.
«Möchten Sie keinen Kaffee?» fragte Don Sabas.
«Jetzt nicht», sagte der Bürgermeister und blickte sich nochmals sehnsüchtig im Raum um. «Ich fühlte mich hier sehr wohl, als Sie schliefen. Es war, als sei ich in einem anderen Dorf.»
Don Sabas rieb sich die Augen mit den Fingerknöcheln.
«Wie spät ist es?»
Der Bürgermeister sah auf die Uhr. «Fast fünf», sagte er. Dann wechselte er die Haltung im Sessel und kam behutsam auf sein Anliegen zu sprechen.
«Also, reden wir?»
«Ich nehme an», sagte Don Sabas, «ich komme nicht drum herum.»
«Es würde sich nicht lohnen», sagte der Bürgermeister. «Schließlich und endlich ist es für niemanden mehr ein Geheimnis.» Und mit der gleichen aalglatten Gelassenheit fügte er, ohne nur im geringsten seine Gebärden oder Worte zu übertreiben, hinzu:
«Sagen Sie, Don Sabas: Wieviel Stück Vieh der Witwe Montiel haben Sie, seit diese es Ihnen zum Verkauf angeboten hat, abfangen und mit Ihrem eigenen Brandeisen versehen lassen?»
Don Sabas zog die Schultern hoch.

«Ich habe nicht die geringste Ahnung.»
«Sie erinnern sich», sagte der Bürgermeister nachdrücklich, «daß es dafür einen Namen gibt.»
«Viehraub», erklärte Don Sabas.
«So ist es», bestätigte der Bürgermeister. «Nehmen wir zum Beispiel an», fuhr er, ohne sich zu erregen fort, «daß Sie in drei Tagen zweihundert Stück Vieh entwendet haben.»
«Und wenn schon», sagte Don Sabas.
«Also zweihundert», sagte der Bürgermeister. «Sie kennen die Bedingungen: Pro Stück fünfzig Pesos Gemeindegebühr.»
«Vierzig.»
«Fünfzig.»
Don Sabas gab auf und machte eine Pause. In seinem gefederten Stuhl zurückgelehnt, drehte er den Ring mit dem schwarzen glänzenden Stein am Finger, die Augen auf ein imaginäres Schachbrett geheftet.
Der Bürgermeister betrachtete ihn mit unbarmherziger Aufmerksamkeit. «Aber damit ist der Fall diesmal nicht erledigt», begann er wieder. «Ab sofort steht alles Vieh aus José Montiels Nachlaß, wo es sich auch befindet, unter dem Schutz der Gemeindeverwaltung.» Nachdem er vergeblich auf eine Reaktion gewartet hatte, erklärte er: «Diese arme Frau ist, wie Sie wissen, vollkommen wahnsinnig.»
«Und Carmichael?»
«Carmichael», sagte der Bürgermeister, «wird seit zwei Stunden überwacht.»
Don Sabas musterte ihn mit einem Ausdruck, der Erge-

benheit und zugleich Bestürzung bedeuten konnte. Unvermittelt sank er mit seinem schwammigen, massigen Körper über den Schreibtisch, von einem unbezähmbaren, inneren Lachen geschüttelt.
«Fabelhaft, Leutnant», sagte er. «Das muß Ihnen vorkommen wie ein Traum.»

Doktor Giraldo hatte gegen Abend die Gewißheit, der Vergangenheit viel Boden abgewonnen zu haben. Die Mandelbäume auf dem Platz wurden wieder staubig. Wieder verstrich ein Winter, doch seine verschwiegenen Schritte hinterließen eine tiefe Spur in der Erinnerung. Pater Angel kehrte von seinem Nachmittagsspaziergang zurück, als er dem Arzt begegnete, der den Schlüssel ins Schloß seiner Praxistür zu stecken versuchte.
«Sehen Sie, Doktor», lächelte er: «Sogar zum Öffnen einer Tür bedarf man der Hilfe Gottes.»
«Oder einer Taschenlampe», lächelte seinerseits der Arzt. Er drehte den Schlüssel im Schloß und widmete sich dann ganz Pater Angel. Er sah ihn unscharf und malvenfarben in der Abenddämmerung. «Warten Sie einen Augenblick, Pater», sagte er.
«Ich glaube, Ihre Leber ist nicht in Ordnung.» Er hielt ihn am Arm zurück.
«Glauben Sie?»
Der Arzt schaltete die Außenlampe an und untersuchte mit weniger beruflicher als menschlicher Anteilnahme den Gesichtsausdruck des Pfarrers. Dann öffnete er die Drahtgittertür und machte im Sprechzimmer Licht.

«Es wäre nicht übertrieben, wenn Sie Ihrem Körper fünf Minuten opferten, Pater», sagte er. «Wir wollen uns mal Ihren Blutdruck ansehen.»
Pater Angel war in Eile. Doch auf Drängen des Arztes betrat er das Sprechzimmer und machte den Arm frei für den Blutdruckmesser.
«Zu meiner Zeit», sagte er, «gab es das alles nicht.»
Doktor Giraldo setzte sich vor ihn auf einen Stuhl und legte ihm die Blutdruckmanschette an.
«Ihre Zeit ist die heutige, Pater», lächelte er. «Entziehen Sie sich ihr nicht!»
Während der Arzt die Skala beobachtete, sah sich der Pfarrer mit jener einfältigen Neugier, die Wartezimmer immer erregen, im Raum um. An den Wänden hingen ein vergilbtes Diplom, die Lithographie eines brünetten Mädchens mit zerfressener blauverfärbter Wange und ein Bild, auf dem Arzt und Tod um eine nackte Frau ringen. Im Hintergrund stand hinter der eisernen weißgestrichenen Krankentrage ein Schrank mit etikettierten Flaschen. Neben dem Fenster gab es einen Glasschrank mit Instrumenten und weitere Schränke, die mit Büchern vollgestopft waren. Der einzig definierbare Geruch war der von reinem Alkohol.
Doktor Giraldos Gesichtsausdruck verriet nichts, als er die Messung beendet hatte.
«In diesem Raum fehlt ein Heiliger», murmelte Pater Angel.
Der Arzt musterte die Wände. «Nicht nur hier», sagte er. «Auch im Dorf fehlt einer.» Er steckte das Meßgerät in ein ledernes Etui, verschloß es mit einem energischen Zug am Reißverschluß und sagte:

«Wissen Sie was, Pater? Ihr Blutdruck ist tadellos.»
«Ich habe es vermutet», erwiderte der Pfarrer und fügte leicht verwundert hinzu: «Ich habe mich im Oktober nie besser gefühlt.»
Langsam begann er, den Ärmel wieder hinunterzustreifen. Durch die an den Rändern geflickte Soutane, die zerschlissenen Schuhe und die rauhen Hände, deren Nägel wie versengtes Horn aussahen, zeigte sich in diesem Augenblick sein wahrer Zustand: er war ein bettelarmer Mann.
«Dennoch», erwiderte der Arzt, «mache ich mir Sorgen um Sie: Zugegebenermaßen ist Ihre Lebensweise für einen solchen Oktober nicht die geeignetste.»
«Unser Herr ist anspruchsvoll», sagte der Pater.
Der Arzt wandte ihm den Rücken zu, um durch das Fenster auf den dunklen Fluß zu blicken. «Ich frage mich, bis zu welchem Punkt», sagte er. «Es scheint nicht Gottes Anliegen zu sein, wenn einer sich jahrelang damit abplagt, den Instinkt der Menschen mit einem Panzer zuzudecken, wohlwissend, daß darunter alles beim alten bleibt.»
Und nach einer langen Pause fragte er:
«Hatten Sie in den letzten Tagen nicht den Eindruck, daß Ihre unnachgiebige Arbeitskraft langsam zerbricht?»
«Mein Leben lang habe ich jede Nacht diesen Eindruck gehabt», sagte Pater Angel. «Deshalb weiß ich, daß ich mit noch mehr Kraft den nächsten Tag beginnen muß.»
Er war aufgestanden. «Es geht auf sechs», sagte er und wollte das Sprechzimmer verlassen. Ohne sich vom Fenster fortzubewegen, schien der Arzt ihm mit ausgestrecktem Arm den Weg zu verstellen und sagte:
«Pater, legen Sie in einer dieser Nächte die Hand auf Ihr

Herz und fragen Sie sich, ob Sie der Moral nicht nur Pflaster auflegen.»

Pater Angel konnte die furchtbare Atemnot in seinem Inneren nicht verbergen. «In der Stunde des Todes», sagte er, «werden Sie erfahren, wie schwer diese Worte wiegen, Doktor.» Er wünschte gute Nacht und schloß leise hinter sich die Tür.

Er vermochte sich nicht auf das Gebet zu konzentrieren. Als er die Kirche abschloß, kam Mina und berichtete, daß in zwei Tagen nur eine Maus in die Falle gegangen sei. Ihm schien, daß sich die Mäuse in Trinidads Abwesenheit dermaßen vermehrt hatten, daß sie das Gotteshaus zu unterhöhlen drohten. Doch Mina hatte die Fallen aufgestellt. Sie hatte den Käse vergiftet, die Spuren des Mäusewurfs verfolgt und die Eingänge zu den neuen Nestern, die zu finden er ihr geholfen hatte, mit Asphalt verstopft.

«Hab etwas mehr Vertrauen in deine Arbeit», hatte er ihr gesagt, «und die Mäuse werden wie die Lämmer in die Falle gehen.»

Bevor er einschlief, wälzte er sich lange auf der Schilfmatte. Von Schlaflosigkeit entnervt, empfand er deutlich das düstere Gefühl der Niederlage, das der Arzt ihm ins Herz gepflanzt hatte. Diese Ruhelosigkeit, die Mäusescharen in der Kirche und das grauenhafte Gelähmtsein durch die Ausgangssperre, alles verschwor sich gegen ihn, bis eine unsichtbare Kraft ihn in den Wirbel seiner fürchterlichsten Erinnerungen riß:

Kurz nachdem er in das Dorf gekommen war, hatte man ihn mitten in der Nacht geweckt, damit er Nora de Jacob den letzten Beistand leiste. Er hatte eine dramatische Beichte entgegengenommen, die in einem für den Tod hergerichteten Alkoven gelassen, sachlich und ausführlich vorgetragen wurde, nur ein Kruzifix hing über dem Kopfende des Bettes, und an den Wänden standen viele leere Stühle. Die Sterbende hatte ihm enthüllt, daß Nestor Jacob, ihr Ehemann, nicht der Vater der Tochter sei, die sie soeben geboren hatte. Pater Angel hatte es zur Vorbedingung für die Absolution gemacht, daß die Beichte in Gegenwart des Ehemannes wiederholt und dann das Sündenbekenntnis beendet würde.

Den rhythmischen Befehlen des Direktors gehorchend, zogen die Arbeiter die Streben aus der Erde, und das Zelt sank mit einem hohen pfeifenden Klagelaut, wie der des Windes in den Bäumen, feierlich, verhängnisvoll in sich zusammen. Bei Tagesanbruch war es zusammengelegt, und Frauen und Kinder frühstückten auf den großen Kisten, während die Männer die Raubtiere verluden. Als die Barkassen zum erstenmal pfiffen, waren die Spuren der Feuerstellen auf dem kahlen Gelände der einzige Hinweis darauf, daß ein prähistorisches Tier durch das Dorf gezogen war.
Der Bürgermeister hatte nicht geschlafen. Nachdem er vom Balkon aus das Einschiffen des Zirkus beobachtet hatte, mischte er sich, noch in seiner Kampfuniform in den Hafenbetrieb, die Augen vom mangelnden Schlaf entzündet, das Gesicht vom Zweitagebart verhärtet. Der Zirkusdirektor entdeckte ihn vom Dach der Barkasse aus.
«Leben Sie wohl, Leutnant», rief er ihm zu. «Ich lasse Ihnen Ihr Reich.»
Er steckte in einem weiten, leuchtenden Overall, der seinem runden Gesicht ein priesterliches Aussehen verlieh. Er hatte die Peitsche um das Armgelenk gewickelt.

Der Bürgermeister trat ans Ufer. «Tut mir leid, General», rief er wohlgelaunt mit ausgebreiteten Armen. «Ich hoffe, Sie sind ehrlich und sagen, warum Sie gehen.» Er wandte sich der Menge zu und erklärte laut:

«Ich habe ihm die Genehmigung entzogen, weil er keine Gratisvorstellung für Kinder geben wollte.»

Der letzte Sirenenton der Barkassen und der anschließende Motorenlärm verschluckten die Antwort des Zirkusdirektors. Aus dem Wasser stieg der Geruch von aufgewühltem Schlamm. Der Direktor wartete, bis die Barkassen in der Flußmitte wendeten. Dann lehnte er sich an die Reling, formte die Hände zu einem Sprachrohr und schrie aus vollen Lungen:

«Auf Wiedersehen, Polizeihurensohn.»

Der Bürgermeister ließ sich nicht erschüttern. Er wartete mit den Händen in den Taschen, bis der Motorenlärm sich verflüchtigt hatte. Dann bahnte er sich lächelnd einen Weg durch die Menge und betrat den Laden des Syrers Moises.

Es war fast acht. Der Syrer hatte begonnen, die vor der Tür ausgestellten Waren hereinzuholen.

«Sie gehen also auch», sagte der Bürgermeister zu ihm.

«Für kurze Zeit», sagte der Syrer und sah zum Himmel. «Es wird regnen.»

«Mittwochs regnet es nicht», bemerkte der Bürgermeister. Er hatte die Ellbogen auf die Theke gestützt und betrachtete die dichten, über dem Hafen schwimmenden Wolkenbänke, bis der Syrer seine Ware hereingeholt hatte und seiner Frau befahl, ihnen Kaffee zu bringen.

«Wenn das so weitergeht», sagte seufzend der Bürgermeister wie zu sich selbst, «werden wir uns Leute von anderen Dörfern ausleihen müssen.»

Der Bürgermeister trank mit langsamen Schlucken den Kaffee. Weitere drei Familien hatten das Dorf verlassen. Nach der Berechnung des Syrers Moises waren es mit ihnen fünf Familien, die im Laufe einer Woche fortgezogen waren.

«Früher oder später kommen sie zurück», sagte der Bürgermeister. Er besah die rätselhaften Flecken, die der Kaffee auf dem Tassengrund hinterlassen hatte und fuhr wie abwesend fort: «Wohin sie auch gehen, sie werden nicht vergessen, daß ihre Nabelschnur in diesem Dorf begraben liegt.»

Entgegen seiner Voraussage mußte er im Laden einen gewaltigen Regenguß abwarten, der für kurze Zeit wie die Sintflut über das Dorf kam. Dann ging er zur Polizeiwache, wo er Señor Carmichael antraf, der mitten im Innenhof vom Regen durchweicht noch immer auf einem Bänkchen saß.

Er kümmerte sich nicht um ihn. Nachdem der wachhabende Polizist ihm Bericht erstattet hatte, ließ er sich die Zelle aufschließen, wo auf dem Ziegelfußboden Pepe Amador auf dem Bauch tief zu schlafen schien. Er drehte ihn mit dem Fuß um und betrachtete einen Augenblick lang mit geheimem Mitleid das von Schlägen entstellte Gesicht.

«Seit wann hat er nichts gegessen?» fragte er.

«Seit vorgestern abend.»

Er befahl, ihn aufzurichten. Ihn unter den Achseln fassend, zerrten ihn drei Polizisten durch die Zelle und setzten ihn auf die Betonbank, die in einem halben Meter Höhe in die Wand eingelassen war. Wo der Körper gelegen hatte, blieb ein feuchter Schatten zurück.

Während zwei Polizisten ihn zum Sitzen aufgerichtet hielten, zog ihm der dritte an den Haaren den Kopf hoch. Ohne die unregelmäßigen Atemzüge und den unendlich erschöpften Ausdruck seiner Lippen, hätte man denken können, er sei tot.

Als die Polizisten ihn losließen, öffnete Pepe Amador die Augen und klammerte sich haltsuchend an den Betonrand. Dann ließ er sich mit einem heiseren Schmerzenslaut bäuchlings auf die Betonbank sinken.

Der Bürgermeister verließ die Zelle und befahl, ihm zu essen zu geben und ihn eine Weile schlafen zu lassen. «Dann», sagte er, «bearbeitet ihr ihn weiter, bis er alles ausspuckt, was er weiß. Ich glaube nicht, daß er lange Widerstand leisten kann.» Vom Balkon aus sah er wieder Señor Carmichael, das Gesicht zwischen den Händen, zusammengesunken auf dem Bänkchen im Innenhof sitzen.

«Rovira», rief er. «Gehen Sie zu Carmichaels Haus und richten Sie seiner Frau aus, sie soll ihm Kleidung schicken.» Und er fügte mit Nachdruck hinzu: «Dann schicken Sie ihn mir ins Büro.»

Mit dem Kopf auf dem Schreibtisch war er fast eingeschlafen, als es an der Tür klopfte. Es war Señor Carmichael, der weißgekleidet und völlig trocken war mit Ausnahme der Schuhe, die gequollen und aufgeweicht waren wie die eines Ertrunkenen. Bevor er sich mit ihm beschäftigte, befahl der Bürgermeister dem Polizisten, noch ein Paar Schuhe zu holen.

Señor Carmichael streckte einen Arm nach dem Polizisten aus. «Lassen Sie nur», sagte er. Dann wandte er sich ernst und würdevoll an den Bürgermeister und erklärte:

«Es sind meine einzigen.»
Der Bürgermeister hieß ihn Platz nehmen. Vierundzwanzig Stunden vorher war Señor Carmichael in das kugelsichere Arbeitszimmer gebracht und einem eingehenden Verhör über den Montielschen Vermögensstand unterzogen worden. Er hatte einen ausführlichen Bericht erstattet. Als der Bürgermeister schließlich seine Absicht äußerte, den Nachlaß zu dem von den Sachverständigen der Gemeinde festzusetzenden Preis zu kaufen, hatte Señor Carmichael den festen Entschluß bekundet, es nicht zu gestatten, solange die Erbfolge nicht geregelt sei.
An jenem Abend, nach zwei Tagen Hungern im Unwetter, offenbarte seine Antwort die gleiche Unbeugsamkeit.
«Du bist ein Esel, Carmichael», sagte der Bürgermeister. «Wenn du warten willst, bis die Erbfolge geregelt ist, wird der Gauner Don Sabas mit seinem Brenneisen schließlich das gesamte Montielsche Vieh gebrandmarkt haben.»
Señor Carmichael hob die Schultern.
«Gut», sagte der Bürgermeister nach langer Pause. «Es ist bekannt, daß du ein ehrlicher Mann bist. Aber vergiß eins nicht: vor fünf Jahren hat Don Sabas José Montiel die vollständige Liste der Leute ausgehändigt, die mit den Guerillas in Verbindung standen, daher war er der einzige Chef der Opposition, der im Dorf bleiben konnte.»
«Es ist noch einer geblieben», sagte Señor Carmichael mit sarkastischem Unterton: «Der Zahnarzt».
Der Bürgermeister überging den Einwurf.
«Glaubst du, es lohnt sich, daß du für solch einen Mann, der die eigenen Leute verkauft, vierundzwanzig Stunden lang Tag und Nacht draußen sitzt?»

Señor Carmichael senkte den Kopf und betrachtete seine Fingernägel. Der Bürgermeister setzte sich auf den Schreibtisch.
«Außerdem», sagte er in sanftem Ton, «denk an deine Kinder.»
Señor Carmichael wußte nicht, daß seine Frau und seine beiden ältesten Söhne am Abend zuvor den Bürgermeister aufgesucht hatten und dieser ihnen versprochen hatte, daß er noch vor Ablauf von vierundzwanzig Stunden freigelassen würde.
«Keine Sorge», sagte Señor Carmichael. «Sie wissen sich zu wehren.»
Er hob den Kopf erst wieder, als er den Bürgermeister im Arbeitszimmer auf und ab gehen hörte. Dann stieß er einen Seufzer aus und sagte: «Ihnen bleibt noch ein anderer Weg offen, Leutnant.» Bevor er fortfuhr, sah er ihn sanft und ergeben an:
«Erschießen Sie mich.»
Er erhielt keine Antwort. Einen Augenblick später war der Bürgermeister in seinem Zimmer tief eingeschlafen, und Señor Carmichael saß wieder auf seinem Bänkchen.
Nur zwei Straßen von der Polizeiwache entfernt war der Gerichtssekretär glücklich. Er hatte den Vormittag dösend im hinteren Winkel der Kanzlei verbracht und, ohne es verhindern zu können, die herrlichen Brüste von Rebeca de Asís gesehen. Es war wie ein Blitz am Mittag: plötzlich war die Badezimmertür aufgegangen und die betörende Frau, nur ein Handtuch um den Kopf geschlungen, hatte einen erstickten Schrei ausgestoßen und schnell das Fenster geschlossen.

Eine halbe Stunde lang ertrug der Sekretär im Dämmer des Büros die Qual dieser Halluzination. Gegen zwölf legte er das Schloß vor die Tür und ging, um seiner Erinnerung irgendwelche Nahrung zuzuführen.

Als er am Telegraphenamt vorbeikam, winkte ihm der Postbeamte. «Wir werden einen neuen Pfarrer kriegen», sagte er. «Die Witwe Asís hat dem Apostolischen Präfekten einen Brief geschrieben.» Der Sekretär wies ihn zurecht.

«Die höchste Tugend des Mannes», sagte er, «ist ein Geheimnis wahren zu können.»

An der Ecke des Platzes traf er Señor Benjamin, der zweimal zögerte, über die Pfützen vor seinem Laden zu springen.

«Wenn Sie wüßten, Señor Benjamin», begann der Sekretär.

«Was denn?» fragte Señor Benjamin.

«Nichts», sagte der Sekretär. «Dieses Geheimnis nehme ich mit ins Grab.»

Señor Benjamin hob die Schultern. Er sah den Sekretär mit so jugendlicher Behendigkeit über die Pfützen springen, daß er sich gleichfalls in das Abenteuer stürzte.

In seiner Abwesenheit hatte jemand ins Hinterzimmer des Ladens einen dreiteiligen Essensträger, Teller und Besteck und ein zusammengefaltetes Tischtuch gestellt. Señor Benjamin breitete das Tuch über den Tisch und stellte alles zum Mittagessen zurecht. Er tat das mit äußerster Genauigkeit. Zuerst aß er die gelbe Suppe, in der große Fettaugen und ein blanker Knochen schwammen. Vom nächsten Teller aß er Reis, Schmorfleisch und ein Stück

gebratene Yukka. Die Hitze wurde größer, aber Señor Benjamin achtete nicht darauf. Als er sein Mittagessen beendet, die Teller aufeinandergestellt und die drei Teile wieder in den Essenträger eingesetzt hatte, trank er ein Glas Wasser.
Er wollte gerade die Hängematte aufhängen, als er merkte, daß jemand den Laden betrat.
Eine schläfrige Stimme fragte:
«Ist Señor Benjamin da?»
Er streckte den Kopf und sah eine schwarzgekleidete Frau mit aschfarbener Haut und einem Tuch über dem Haar. Es war Pepe Amadors Mutter.
«Ich bin nicht da», sagte Señor Benjamin.
«Sie sind es», sagte die Frau.
«Ich weiß», sagte er. «Aber es ist, als wäre ich nicht da, weil ich weiß, weshalb Sie mich aufsuchen.»
Die Frau zögerte vor der Tür zum Hinterzimmer, während Señor Benjamin die Hängematte anbrachte. Bei jedem Atemzug entfuhr seiner Lunge ein leises Pfeifen.
«Bleiben Sie dort nicht stehen», sagte Señor Benjamin streng. «Kommen Sie rein, oder gehen Sie weiter.»
Die Frau setzte sich an den Tisch und fing leise an zu schluchzen.
«Verzeihung», sagte er. «Sie müssen verstehen, daß Sie mich kompromittieren, wenn Sie für jedermann sichtbar dort stehen bleiben.»
Pepe Amadors Mutter nahm das Tuch vom Kopf und trocknete sich damit die Augen. Aus reiner Gewohnheit prüfte Señor Benjamin, als er die Hängematte aufgehängt hatte, die Haltbarkeit der Stricke. Dann wandte er sich der Frau zu.

«Sie möchten also, daß ich Ihnen eine Bittschrift aufsetze.»
Die Frau nickte.
«Das heißt», fuhr Señor Benjamin fort, «Sie glauben immer noch an Bittschriften. Heutzutage», erklärte er mit gedämpfter Stimme, «wird Recht nicht mit Papier gesprochen, sondern mit Schüssen.»
«Das sagen alle», erwiderte sie. «Aber der Zufall will es, daß nur ich meinen Jungen im Gefängnis habe.»
Während sie sprach, löste sie die Knoten des Taschentuchs, das sie bisher fest in der Faust gehalten hatte, und entnahm ihm mehrere schweißnasse Geldscheine: acht Pesos. Diese bot sie Señor Benjamin an.
«Das ist alles, was ich habe», sagte sie.
Señor Benjamin betrachtete das Geld. Er hob die Schultern, nahm die Geldscheine und legte sie auf den Tisch. «Ich weiß, es ist zwecklos», sagte er. «Aber ich werde es tun, nur um Gott zu beweisen, daß ich ein hartnäckiger Mensch bin.» Die Frau dankte ihm stumm und schluchzte von neuem.
«Auf alle Fälle», empfahl ihr Senõr Benjamin, «sehen Sie zu, daß der Bürgermeister Sie mit Ihrem Jungen sprechen läßt, und überreden Sie Ihren Sohn, alles zu sagen, was er weiß. Sonst wäre es so, als würfe man Bittschriften vor die Säue.»
Sie putzte sich die Nase mit dem Tuch, band es wieder um den Kopf und verließ, ohne sich umzublicken, den Laden.
Señor Benjamin hielt bis vier seinen Mittagsschlaf. Als er in den Innenhof ging, um sich zu waschen, war der Himmel klar und die Luft voller fliegender Ameisen. Nachdem er sich umgezogen und seine spärlichen Sträh-

nen gekämmt hatte, ging er ins Telegrafenamt, um ein Blatt Stempelpapier zu kaufen.
Er ging zum Laden zurück, um die Bittschrift aufzusetzen, als er merkte, daß irgend etwas im Dorf vor sich ging. Er hörte ferne Schreie. Ein paar junge Leute, die an ihm vorbeirannten, fragte er, was los sei, und ohne stehenzubleiben antworteten sie. Darauf ging er wieder ins Telegrafenamt und gab das Stempelpapier zurück.
«Ich brauche es nicht mehr», sagte er. «Sic haben Pepe Amador umgebracht.»

Noch halb im Schlaf, in der einen Hand den Gürtel, mit der anderen den Uniformrock zuknöpfend, sprang der Bürgermeister mit zwei Sätzen die Treppe vom Schlafzimmer hinunter. Die Farbe des Lichts brachte sein Zeitgefühl durcheinander. Bevor er wußte, was vor sich ging, war ihm klar, daß er zur Polizeiwache gehen müsse.
Vor seinen Schritten schlossen sich die Fenster. Eine herbeirennende Frau machte mit ausgebreiteten Armen mitten auf der Straße kehrt. Ameisen flogen in der klaren Luft. Immer noch ohne zu wissen, was geschah, zog der Bürgermeister den Revolver und lief los.
Eine Gruppe Frauen versuchte die Tür der Polizeiwache aufzubrechen. Mehrere Männer rangen mit ihnen, um sie daran zu hindern. Der Bürgermeister trieb sie mit Schlägen auseinander, stellte sich mit dem Rücken gegen die Tür und zielte auf sie.
«Wer einen Schritt tut, wird erschossen.»
Ein Polizist, der sich innen gegen die Tür gestemmt hatte,

öffnete sie jetzt, das Gewehr in Anschlag, und blies in seine Trillerpfeife. Zwei weitere Polizisten eilten auf den Balkon, schossen mehrere Salven in die Luft, und die Gruppe lief in beide Richtungen der Straße auseinander. In diesem Augenblick tauchte an der Ecke heulend wie ein Hund die Frau auf. Der Bürgermeister erkannte die Mutter von Pepe Amador. Er sprang in die Polizeiwache und befahl dem Polizisten von der Treppe aus:

«Kümmern Sie sich um diese Frau.»

Innen herrschte vollkommene Stille. In Wirklichkeit wußte der Bürgermeister nicht, was geschehen war, bis er die Polizisten, die den Eingang zur Zelle versperrten, zur Seite geschoben hatte und Pepe Amador sah. Zusammengekrümmt, die Hände zwischen den Schenkeln, lag er auf dem Boden. Er war bleich, doch Blutspuren waren nicht zu sehen.

Nachdem er sich davon überzeugt hatte, daß der Leichnam keine Wunde aufwies, dreht der Bürgermeister ihn auf den Rücken, steckte ihm die Hemdzipfel in die Hose und knöpfte ihm den Schlitz zu. Zuletzt schnallte er ihm den Gürtel fest.

Als er aufstand, hatte er seine Selbstsicherheit wiedergewonnen, doch für die Augen der Polizisten verriet sein Gesichtsausdruck einen Anflug von Überdruß.

«Wer war das?»

«Alle», sagte der blonde Riese. «Er hat versucht zu fliehen.»

Der Bürgermeister sah ihn nachdenklich an, und sekundenlang schien es, als habe er nichts mehr zu sagen. «Dieses Märchen nimmt uns keiner mehr ab», sagte er. Mit

ausgestreckter Hand ging er auf den blonden Riesen zu. «Gib mir den Revolver.»
Der Polizist schnallte den Patronengurt ab und übergab ihn dem Bürgermeister. Nachdem dieser die zwei Patronenhülsen herausgenommen und in die Tasche gesteckt und gegen neue Patronen ausgetauscht hatte, gab er einem anderen Polizisten den Revolver. Der blonde Riese, der aus der Nähe besehen von einer kindlichen Aura erleuchtet schien, ließ sich in die Nachbarzelle führen. Dort zog er sich vollständig aus und gab dem Bürgermeister seine Kleidung. Alles geschah ohne Eile, jeder wußte wie bei einer Zeremonie, welcher Handgriff ihm zukam. Endlich schloß der Bürgermeister selbst die Zelle des Toten und trat auf den Balkon über den Innenhof. Immer noch saß Señor Carmichael auf dem Bänkchen.
Ins Büro geführt, kam er der Aufforderung, sich zu setzen nicht nach. Wieder blieb er mit durchnäßten Kleidern vor dem Schreibtisch stehen und bewegte erst den Kopf, als der Bürgermeister ihn fragte, ob er alles verfolgt habe.
«Na gut», sagte der Bürgermeister. «Ich habe noch keine Zeit gehabt, darüber nachzudenken, was ich tun werde, und ich weiß noch nicht, ob ich etwas tun werde. Aber was ich auch tue», fügte er hinzu, «denk daran: ob du willst oder nicht, du sitzt in der Tinte.»
Señor Carmichael blieb geistesabwesend vor dem Schreibtisch stehen, die Kleider klebten ihm am Leib, und seine Haut war bereits gedunsen, als wäre er drei Nächte nach dem Ertrinken noch nicht wieder an der Wasseroberfläche aufgetaucht. Umsonst wartete der Bürgermeister auf ein Lebenszeichen.

«Also, mach dir die Situation klar, Carmichael: wir sind jetzt Teilhaber.»
Er sagte es ernst, fast etwas dramatisch. Doch Señor Carmichaels Gehirn schien es nicht aufzunehmen. Unbeweglich blieb er vor dem Schreibtisch stehen, verschwollen und traurig, auch dann noch als die kugelsichere Tür sich schloß.
Vor der Wache hielten zwei Polizisten Pepe Amadors Mutter an den Handgelenken fest. Die drei schienen auszuruhen. Die Frau atmete regelmäßig und ihre Augen waren trocken. Doch als der Bürgermeister in der Tür erschien, stieß sie ein heiseres Heulen aus und bäumte sich so heftig auf, daß einer der Polizisten sie loslassen mußte und der andere sie mit einem Schlüssel bewußtlos zu Boden schlug.
Der Bürgermeister würdigte sie keines Blickes. In Begleitung eines weiteren Polizisten trat er auf die Gruppe zu, die von der Ecke aus dem Kampf beigewohnt hatte. Er wandte sich an niemand bestimmten.
«Ihr da», sagte er. «Wenn ihr Schlimmeres verhüten wollt, dann bringt diese Frau nach Hause.»
Noch immer in Begleitung des Polizisten bahnte er sich einen Weg durch die Menschengruppe und ging zum Gericht. Er traf niemanden an. Daraufhin ging er zu Richter Arcadios Haus, stieß, ohne zu läuten, die Tür auf und rief:
«Richter!»
Richter Arcadios Frau, durch die Schwangerschaft in niedergeschlagener Stimmung, antwortete aus dem Dunkel:

«Er ist weg.»
Der Bürgermeister bewegte sich nicht von der Schwelle.
«Wohin?»
«Wohin schon», sagte die Frau. «Zu der Scheißhure.»
Der Bürgermeister winkte dem Polizisten, ihm zu folgen. Ohne die Frau anzublicken, gingen sie an ihr vorbei. Nachdem sie das Schlafzimmer durchwühlt und festgestellt hatten, daß nirgendwo Männersachen waren, kehrten sie in die Wohnstube zurück.
«Wann ist er weggegangen?» fragte der Bürgermeister.
«Vor zwei Nächten», antwortete die Frau.
Der Bürgermeister brauchte eine lange Pause zum Nachdenken.
«Hurensohn», schrie er plötzlich. «Und wenn er sich fünfzig Meter unter der Erde versteckt und wenn er in den Bauch seiner Hurenmutter zurückkriecht – wir holen ihn heraus, tot oder lebendig. Die Regierung hat einen langen Arm.»
Die Frau seufzte.
«Ihr Wort in Gottes Ohr, Leutnant.»
Es begann zu dunkeln. An den Ecken der Polizeiwache standen noch Leute, von der Polizei in Schach gehalten, doch Pepe Amadors Mutter hatten sie fortgebracht, und das Dorf schien ruhig.
Der Bürgermeister ging sofort in die Zelle des Toten. Mit Hilfe des Polizisten setzte er dem Leichnam Mütze und Brille auf und ließ ihn in eine herbeigeschaffte Plane wickeln. Dann suchte er aus entlegenen Winkeln der Polizeiwache Stricke und Drähte zusammen und verschnürte die Leiche spiralförmig vom Hals bis zu den

Fußknöcheln. Am Schluß war er in Schweiß gebadet, sah aber erholt aus. Es war, als hätte er sich der Last der Leiche physisch entledigt.
Erst jetzt machte er in der Zelle Licht. «Hole Schaufel, Hacke und Lampe», befahl er dem Polizisten. «Dann rufst du Gonzáles, ihr geht in den Hinterhof und grabt ganz hinten, wo es trockener ist, ein tiefes Loch.» Das sagte er, als fiele ihm jedes Wort erst beim Aussprechen ein.
«Und vergeßt euer Leben lang diese eine Sache nicht», schloß er: «Dieser Junge ist nicht gestorben.»
Zwei Stunden später war das Grab noch immer nicht geschaufelt. Der Bürgermeister überzeugte sich vom Balkon aus, daß außer einem seiner Polizisten, der von Ecke zu Ecke Wache schob, niemand auf der Straße war. Er machte Licht im Treppenhaus, und als er sich in den dunkelsten Winkel des Raums legte, um auszuruhen, drangen die gelegentlichen schrillen Rufe einer Rohrdommel kaum an sein Ohr.
Pater Angels Stimme riß ihn aus seinen Gedanken. Er sah ihn sich zuerst an den Wachpolizisten wenden, dann an jemanden, der ihn begleitete, und schließlich erkannte er die andere Stimme. Vornübergebeugt blieb er auf dem Klappstuhl sitzen, bis er die Stimmen, diesmal schon im Haus, wieder hörte und auch die ersten Schritte. Er streckte in der Dunkelheit den linken Arm aus und packte den Karabiner.
Als Pater Angel ihn oben an der Treppe auftauchen sah, zögerte er. Zwei Stufen tiefer stand Doktor Giraldo in einem kurzen, gestärkten weißen Kittel, die Arzttasche in der Hand. Er zeigte seine scharfen Zähne.

«Ich bin enttäuscht, Leutnant», sagte er gutgelaunt. «Ich habe den ganzen Nachmittag darauf gewartet, daß Sie mich rufen, um die Leichenschau vornehmen zu lassen.»
Pater Angel heftete seine sanften durchsichtigen Augen auf ihn, dann richtete er sie wieder auf den Bürgermeister. Auch der Bürgermeister lächelte.
«Es gibt keine Leichenschau», sagte er. «Weil es keine Leiche gibt.»
«Wir möchten Pepe Amador sehen», sagte der Pfarrer.
Der Bürgermeister hielt den Karabiner mit dem Lauf nach unten und wandte sich weiterhin an den Arzt. «Das möchte ich auch», sagte er. «Aber da ist nichts zu machen.» Er hörte auf zu lächeln und sagte:
«Er ist geflohen.»
Pater Angel stieg eine Stufe höher. Der Bürgermeister richtete den Karabiner auf ihn. «Bleiben Sie schön ruhig stehen, Pater», warnte er. Nun stieg der Arzt eine Stufe höher.
«Hören Sie, Leutnant», sagte er noch immer lächelnd. «In diesem Dorf kann man keine Geheimnisse bewahren. Seit vier Uhr nachmittags weiß alle Welt, daß mit diesem Jungen dasselbe geschah, was Don Sabas mit den Eseln machte, wenn er sie verkauft hatte.»
«Er ist geflohen», wiederholte der Bürgermeister.
Da er den Arzt beobachtete, fand er kaum Zeit, in Stellung zu gehen, als Pater Angel mit erhobenen Armen zwei Stufen auf einmal nahm.
Der Bürgermeister entsicherte die Waffe durch einen kurzen Schlag mit der Handkante und blieb breitbeinig stehen.

«Halt», rief er.

Der Arzt ergriff den Pfarrer am Ärmel der Soutane. Pater Angel mußte husten.

«Spielen wir mit offenen Karten, Leutnant», sagte der Arzt. Zum ersten Mal seit langer Zeit wurde seine Stimme hart. «Die Leichenschau muß durchgeführt werden. Wir wollen jetzt das Geheimnis des Herzschlags aufdecken, den die Häftlinge in diesem Gefängnis erleiden.»

«Doktor», sagte der Bürgermeister. «Wenn Sie sich von der Stelle rühren, schieße ich Sie über den Haufen.» Er streifte den Pfarrer kaum mit dem Blick. «Und Sie auch, Pater.»

Die drei verharrten unbeweglich.

«Außerdem», fuhr der Bürgermeister, an den Priester gewandt fort, «können Sie zufrieden sein, Pater: der Junge war der Urheber der Schmähschriften.»

«Um der Liebe Gottes willen», begann Pater Angel. Krampfartiger Husten hinderte ihn am Weitersprechen. Der Bürgermeister wartete, bis der Anfall vorüber war.

«Hören Sie mal kurz her», sagte er dann. «Ich fange jetzt an zu zählen. Bei drei schieße ich mit geschlossenen Augen auf die Tür dort. Merken Sie sich ein für allemal», warnte er ausdrücklich den Arzt. «Das Witzemachen ist vorbei. Wir sind im Krieg, Doktor.»

Der Arzt zog Pater Angel am Ärmel mit sich. Er stieg die Treppe hinunter, ohne dem Bürgermeister den Rücken zuzukehren, und lachte plötzlich laut heraus.

«So gefallen Sie mir, General», sagte er. «Jetzt fangen wir an, einander zu verstehen.»

«Eins», zählte der Bürgermeister.

Die nächste Zahl hörten sie nicht mehr. Als sie sich an der Ecke der Polizeiwache trennten, war Pater Angel verstört und mußte das Gesicht abwenden, weil seine Augen feucht waren. Doktor Giraldo, der nicht aufgehört hatte zu lächeln, gab ihm einen Klaps auf die Schulter. «Wundern Sie sich nicht, Pater», sagte er. «Das alles ist das Leben.» Als er um die Ecke zu seinem Haus abbog, sah er im Schein der Straßenlampe auf die Uhr: es war Viertel vor acht.

Pater Angel konnte nicht essen. Nach dem Signal für die Ausgangssperre setzte er sich nieder, um einen Brief zu schreiben und blieb bis nach Mitternacht über den Schreibtisch gebeugt sitzen, während im feinen Sprühregen die Welt rings um ihn allmählich verlosch. Er schrieb unerbittlich, er zeichnete gleichmäßige, fast manierierte Buchstaben und tat dies so leidenschaftlich, daß er die Feder oft erst eintauchte, nachdem er zwei unsichtbare Wörter gemalt und das Papier mit der trocknen Feder zerkratzt hatte.

Am folgenden Tag brachte er nach der Messe den Brief zur Post, obwohl dieser nicht vor Freitag befördert werden konnte. Während des Vormittags war die Luft feucht und neblig, wurde aber gegen Mittag klar. Ein Vogel hatte sich in dem Innenhof verirrt und hüpfte eine halbe Stunde lang humpelnd zwischen den Narden umher. Er sang unaufhaltsam einen Ton, der jeweils eine Oktave höher stieg, bis er so schrill wurde, daß man ihn sich vorstellen mußte.

Bei seinem Abendspaziergang hatte Pater Angel das

Empfinden, als habe ihn den ganzen Nachmittag ein herbstlicher Duft verfolgt. Während er in Trinidads Haus mit der Genesenden in ein trauriges Gespräch über Oktoberkrankheiten vertieft war, glaubte er den Duft zu erkennen, den Rebeca de Asís eines Abends in seinem Arbeitszimmer verströmt hatte.

Auf dem Heimweg hatte er Señor Carmichaels Familie besucht. Die Frau und die älteste Tochter waren untröstlich und stießen immer, wenn der Gefangene erwähnt wurde, einen kreischenden Ton aus. Nur die Kleinen waren ohne den gestrengen Papa glücklich und damit beschäftigt, einem von der Witwe Montiel geschickten Kaninchenpaar beizubringen, Wasser aus einem Glas zu trinken. Plötzlich hatte Pater Angel die Unterhaltung abgebrochen, und indem er mit der Hand ein Zeichen machte, gesagt:

«Ich weiß: es ist Eisenhut.»

Es war aber nicht Eisenhut.

Niemand erwähnte die Schmähschriften. Im Tumult der letzten Ereignisse waren sie höchstens eine pittoreske Anekdote aus der Vergangenheit. Dies stellte Pater Angel während des Abendspaziergangs fest, desgleichen nach dem Gebet, als er sich im Arbeitszimmer mit ein paar katholischen Damen unterhielt.

Alleingeblieben, verspürte er Hunger. Er bereitete sich gebratene grüne Bananenscheiben und Milchkaffee und aß dazu ein Stück Käse. Sein voller Magen ließ ihn den Geruch vergessen. Während er sich zum Schlafen auskleidete und dann unter dem Netz Moskitos jagte, die das Insektenmittel überlebt hatten, rülpste er mehrmals. Er hatte Sodbrennen, aber in seiner Seele war Frieden.

Er schlief wie ein Heiliger. In der Stille der Ausgangssperre hörte er leidenschaftliches Geflüster, ein von der Morgenkühle gemildertes, tastendes Saitenvorspiel und schließlich ein Lied aus fernen Zeiten. Zehn Minuten vor fünf wurde ihm bewußt, daß er am Leben war. Er erhob sich angestrengt und feierlich, rieb sich mit den Handknöcheln die Lider und dachte: «Freitag, der einundzwanzigste Oktober.» Dann erinnerte er sich und sagte mit lauter Stimme: «Der Heilige Hilarius.»

Ohne sich gewaschen und ohne gebetet zu haben, kleidete er sich an. Nachdem er die lange Knopfleiste der Soutane geschlossen hatte, zog er die rissigen Alltagsschuhe an, deren Sohlen sich abzulösen begannen. Als er die Tür öffnete und die Narden sah, erinnerte er sich an die Worte eines Liedes.

«Ich bleib' in deinem Traume bis zum Tod», seufzte er.

Mina stieß die Kirchentür auf, als er den ersten Glockenschlag ertönen ließ. Sie wandte sich zum Taufbecken und fand den Käse unberührt und die Fallen aufgespannt. Pater Angel öffnete die Tür zum Platz.

«Pech», sagte Mina und schüttelte die leere Pappschachtel. «Heute ist keine einzige reingegangen.»

Doch Pater Angel schenkte ihr keine Aufmerksamkeit. Ein leuchtender Tag brach an, mit klarer Luft, wie die Verheißung, daß trotz allem auch in diesem Jahr der Dezember pünktlich sein würde. Nie hatte er Pastors Schweigen deutlicher empfunden.

«Heute nacht gab es eine Serenade», sagte er.

«Mit Blei», bestätigte Mina. «Bis vor kurzem wurde geschossen.»

Der Pater sah sie zum ersten Mal an. Wie die blinde Großmutter war auch sie äußerst blaß und trug das blaue Band eines Laienordens. Doch im Unterschied zu Trinidad, deren Wesen männlich war, begann sie zur Frau heranzureifen.

«Wo?»

«Überall», sagte Mina. «Anscheinend suchen sie wie verrückt nach illegalen Flugblättern. Im Friseurladen sollen sie zufällig den Bretterboden abgehoben und Waffen gefunden haben. Das Gefängnis ist voll, es heißt aber auch, die Männer gehen in die Berge, um zu den Guerillas zu stoßen.»

Pater Angel seufzte.

«Ich habe nichts bemerkt», sagte er.

Er ging zum anderen Ende der Kirche. Sie folgte ihm schweigend zum Hochaltar.

«Das ist noch gar nichts», sagte Mina. «Trotz der Ausgangssperre und des Bleis heute nacht . . .»

Pater Angel blieb stehen. Er richtete seine verkniffenen unschuldig blauen Augen auf sie. Auch Mina blieb mit der leeren Schachtel unter dem Arm stehen und begann nervös zu lächeln, bevor sie den Satz zu Ende sprach.

Gabriel García Márquez
Die Liebe in den Zeiten der Cholera
Roman

Aus dem Spanischen von Dagmar Ploetz
KiWi 745

51 Jahre, 9 Monate und 4 Tage wartet Florentino Ariza auf Fermina Daza, auf die große Liebe seines Lebens. Er hat einst um Fermina geworben, sie gewonnen, aber dann an Doktor Juvenal Urbino verloren. Florentino Ariza hat nie aufgehört, sie zu lieben. Fast am Ende des Lebens, das für beide reich an Höhen und Tiefen war, weiß er, daß er nicht vergeblich gewartet hat. – Die schönste Liebesgeschichte der Welt.

Gabriel García Márquez
Hundert Jahre Einsamkeit
Roman

Aus dem Spanischen von Curt Meyer-Clason
KiWi 740

»Hundert Jahre Einsamkeit« ist García Márquez´ berühmtester Roman, der seit seinem Erscheinen eine Weltauflage von über 400 Millionen Exemplaren erreicht hat und zu den größten Romanen der Weltliteratur gehört. Er erzählt die Geschichte der Familie Buendía, ihres Aufstiegs und Niedergangs. In dem von den Buendías gegründeten Dorf Macondo enthüllt sich die ganze Tragödie Lateinamerikas, verschmelzen Mythos und Wirklichkeit.

KiWi

Paperbacks bei Kiepenheuer & Witsch

Gabriel García Márquez
Der General in seinem Labyrinth
Roman

Aus dem Spanischen von Dagmar Ploetz
KiWi 742

In seinem bewegenden Roman erzählt García Márquez das Leben des faszinierenden Mannes Simón Bolívar, General und Held des Unabhängigkeitskrieges der lateinamerikanischen Kolonien gegen die spanische Krone, Liebhaber schöner Frauen und der Macht.

Gabriel García Márquez
Chronik eines angekündigten Todes
Roman

Aus dem Spanischen von Curt Meyer-Clason
KiWi 735

Ein Dorf an der kolumbianischen Karibikküste feiert ein rauschendes Hochzeitsfest, doch noch in der Hochzeitsnacht wird die Braut ins Elternhaus zurückgeschickt; sie war nicht mehr unberührt. Der mutmaßliche »Täter« muß sterben.

Gabriel García Márquez
Die Erzählungen

Aus dem Spanischen von Curt Meyer-Clason
KiWi 743

Diese Erzählungen von Gabriel García Márquez, zwischen 1947 und 1972 entstanden, sind thematisch und stilistisch miteinander verwoben. Immer wieder tauchen Figuren seines Kosmos' auf, führen hin zu seinem großen Roman »Hundert Jahre Einsamkeit«. Jugendlich schwermütig oder phantastisch zeigen sie ihn auch als Meister der kleinen Form.

Gabriel García Márquez
Der Oberst hat niemand, der ihm schreibt

Roman

Aus dem Spanischen von Curt Meyer-Clason
KiWi 738

Der Oberst wartet verzweifelt auf einen Brief, wartet seit 56 Jahren darauf, daß die Regierung ihm seine Veteranenpension bestätigt. Doch der Brief kommt nicht. Der einzige Besitz des Obersten, der mit seiner Frau in tiefer Armut lebt, ist ein Kampfhahn. Dieser Hahn wird für ihn und sein Dorf, das seit Jahren unter dem Ausnahmezustand der Militärdiktatur leidet, zum Symbol der Hoffnung und des Widerstands.

Gabriel García Márquez
Bericht eines Schiffbrüchigen

Aus dem Spanischen von Christiane und
Curt Meyer-Clason
KiWi 737

Tagelang trotzt ein Schiffbrüchiger, allein auf einem Rettungsfloß in der Karibik, mit aller Kraft Hunger, Durst und der Gewalt des Meeres. Er überlebt – auch wenn er sich schon verloren geglaubt hat. García Márquez hat die Geschichte des Schiffbrüchigen aufgezeichnet und auf seine unvergleichliche Weise verdichtet.

Gabriel García Márquez
Der Herbst des Patriarchen

Roman

Aus dem Spanischen von Curt Meyer-Clason
KiWi 741

Der Roman erzählt vom Aufstieg und Fall eines lateinamerikanischen Diktators, vom Terror, von seiner usurpatorischen Willkür und dem grausigen Ende seines Lebens. In der Figur des Patriarchen, der von seinen Untertanen gehaßt und verehrt wurde, vereint García Márquez die autokratischen Herrscher der spanischsprachigen Welt Lateinamerikas der letzten 150 Jahre und schafft so eine unvergleichliche Parabel auf die Macht.

Gabriel García Márquez
Laubsturm
Roman

Aus dem Spanischen von Curt Meyer-Clason
KiWi 736

In diesem frühen Werk entwirft García Márquez seine Welt, die unverwechselbare Welt des verlorenen karibischen Dorfes Macondo, das in dem Roman »Hundert Jahre Einsamkeit« weltberühmt werden sollte. Über Bürgerkrieg, Bananenboom, Naturkatastrophen, Nachbarschaftsfehden und von ihrer Verlorenheit erzählen ein alter Oberst, seine Tochter und deren kleiner Sohn.

Gabriel García Márquez
Die böse Stunde
Roman

Aus dem Spanischen von Curt Meyer-Clason
KiWi 739

Die Geschichte eines karibischen Dorfes, das unter der Willkürherrschaft seines Bürgermeisters erstarrt ist und unter sintflutartigen Regengüssen leidet. Die Dorfbewohner werden plötzlich aus ihrer Apathie aufgeschreckt,als nachts anonyme Schmähzettel an den Häusern angesehener Bürger auftauchen. Der bisher harmlose Dorfklatsch steigert sich nun bis zum Verrat von Familiengeheimnissen, alte Feindschaften flackern wieder auf. Angst und Mißtrauen regieren das Dorf.

Gabriel García Márquez
Der Geruch der Guayave
Gespräche mit Plinio Apuleyo Mendoza

Aus dem Spanischen von Tom Koenigs
KiWi 746

Wer könnte die Welt, über die er schreibt, besser interpretieren als der Autor selbst? Das geschieht in den Gesprächen zwischen Gabriel García Márquez und seinem Jugendfreund, dem kolumbianischen Schriftsteller Plinio Apuleyo Mendoza. García Márquez erzählt von der Kindheit in Aracataca, von der großen Familie, von Schule und Studium, von der Arbeit als Journalist und den Anfängen als Schriftsteller. Er spricht über Politik, sein Werk und die große Bürde des Ruhms.

Gabriel García Márquez
Das Abenteuer des Miguel Littín
Illegal in Chile

Aus dem Spanischen von Ulli Langenbrinck
KiWi 744

In einer spannenden Reportage in der Ich-Form läßt García Márquez den Filmregisseur Miguel Littín von seinen Abenteuern im Chile Pinochets erzählen. Littín ist es als Exilchilenen verboten, in sein Heimatland zurückzukehren. Aber es gelingt ihm, und mit generalstabsmäßiger Planung täuscht er die allgegenwärtige Geheimpolizei.